BOOK**SHOTS**

LOS
TESTIGOS

LOS TESTIGOS

JAMES PATTERSON
con BRENDAN DUBOIS

OCEANOexprés

Los personajes e incidentes de este libro son resultado de la ficción. Cualquier semejanza con personas reales, vivas o muertas, es mera coincidencia ajena al autor.

LOS TESTIGOS

Título original: *The Witnesses*

© 2017, JBP Business, LLC

Publicado en colaboración con BookShots, un sello de Little, Brown & Co., una división de Hachette Book Group, Inc. El nombre y logotipo de BookShots son marcas registradas de JBP Business, LLC.

Traducción: Sonia Verjovsky Paul

Portada: © 2017, Hachette Book Group Inc.
Diseño de portada:
Fotografía de portada:

D.R. © 2018, Editorial Océano de México, S.A. de C.V.
Eugenio Sue 55, Col. Polanco Chapultepec
C.P. 11560, Miguel Hidalgo, Ciudad de México
info@oceano.com.mx

Primera edición: 2018

ISBN: 978-607-527-459-1

Impreso en México / *Printed in Mexico*

CAPÍTULO 1

EN UN MUNDO PERFECTO, Ronald Temple no estaría sentado en su sillón reclinable en su casa de retiro en Levittown, Nueva York, con la ventana abierta, una cobija sobre las piernas y con ganas de tener un rifle a la mano, listo para matar a los terroristas que viven al lado.

Ajá, piensa, y baja sus binoculares Zeiss. En un mundo perfecto, las Torres Gemelas estarían de pie todavía, un montón de amigos suyos seguirían vivos y él no estaría muriendo lentamente aquí en los suburbios, con los pulmones inflamados por la mierda que inhaló mientras trabajaba en los escombros durante las semanas posteriores al 9/11.

La casa vecina es azul cielo y se ve normal, como el resto de los hogares de su barrio, construidos en 1947 sobre un antiguo sembradío de papas en Long Island. Ese fue el principio del crecimiento de los suburbios durante la posguerra. Hoy en día, Levittown es un lugar estupendo para ir a la escuela, tener una familia o jubilarse, igual que Ronald y su esposa, Helen.

¿Pero quiénes son sus nuevos vecinos?

Definitivamente no son normales.

Ronald vuelve mirar a través de los binoculares.

Se mudaron apenas hace tres días, en un día nublado, con nubes oscuras que amenazaban con lluvia. Por la angosta entrada apareció una camioneta negra y de ésta salió una familia, todos de piel morena, vistiendo ropa occidental con la que se veían incómodos. Un hombre y una mujer —a todas luces los padres— y un niño y una niña. Ronald estaba en su sillón; su máquina de oxígeno silbaba suavemente y los tubos le rozaban las fosas nasales, ya en carne viva, mientras los veía entrar a la casa.

Tanto la mujer como la niña pequeña llevaban la cabeza cubierta.

Al principio le pareció un poco sospechoso, así que Ronald empezó a observar las actividades de esa casa lo más posible; y a cada minuto y a cada hora que transcurría, se preocupaba más. Después del primer día, no llegó ningún camión de mudanzas. Sólo llevaron rápidamente a la casa unas cuantas maletas y unos bolsos marineros... Y el matrimonio no fue a presentarse con él ni con su esposa.

Ahora desliza los binoculares con un movimiento lento, examinador.

Ahí está...

Al otro lado está un hombre grande, frente a la ventana de la cocina.

Ese fue el detalle que le llamó la atención desde hace tres días.

El chofer.

Sí, eso, el chofer...

Él fue el primero en bajar de la camioneta y Ronald pudo ver que era un profesional: llevaba puesta una chamarra para ocultar su arma, sus ojos recorrieron el patio y la entrada en busca de amenazas, e hizo que sus protegidos se quedaran en el vehículo mientras entraba a la casa para revisar todo primero.

Al igual que la familia, tenía la piel morena, pero casi estaba calvo. Aunque no estaba tan fuerte —no parecía uno de esos jugadores de la NFL llenos de esteroides— era lo suficientemente robusto, parecido a los que trabajan en la unidad de servicios de emergencia, a quienes Ronald conoció cuando trabajó en la policía de Nueva York.

¿Era un guardaespaldas, entonces?

¿O quizás el líder de la célula terrorista?

Ronald vuelve a revisar la casa, de un lado al otro, de arriba a abajo. Se mantiene al tanto con los periódicos, la televisión y por internet. Sabe que hay una nueva modalidad de terrorismo y violencia. Hoy en día, la gente se muda a un barrio tranquilo, pasan desapercibidos por los demás, y luego salen y dan el golpe.

¿Los niños?

Camuflaje.

¿El matrimonio?

Eran como aquella pareja que acribilló a un grupo de vacacionistas en San Bernardino, California, el año pasado.

Pasaron inadvertidos por los demás.

Y el tipo robusto... ¿sería su dirigente?, ¿posiblemente su líder?

Lo más probable es que estuviera entrenándolos para matar.

Ronald baja los binoculares; se vuelve a ajustar el tubo de oxígeno alrededor de la cabeza. *Es muy extraño, demonios, demasiado inusual.* Ningún camión de mudanza, nada de amigos que pasen a saludar; ni el marido ni la mujer —si es que en realidad están casados— sale a trabajar en las mañanas. No llegan paquetes, no cortan el césped, nada.

Definitivamente se están escondiendo.

Ronald sigue anhelando la comodidad de un fusil AR15 sobre su regazo. Para derribar a una célula como esta se requiere potencia, y mucha. Con un cargador de 20 rondas —ni loco necesitaría una maldita mira telescópica— a esta distancia se podría encargar de los tres adultos sin problemas. Si, por ejemplo, los viera salir a la camioneta con los abrigos puestos para esconder las armas o una bomba suicida, podría derribarlos a todos con un AR15 antes de que pudieran subirse a su vehículo.

Sintió una serie de calambres subiendo por sus frágiles piernas, provocándole una mueca de dolor. ¿Y los niños? Los dejaría en paz... a menos que tomaran un arma y decidieran venir a vengarse. Había muchos chicos de esa edad que hacían lo mismo en el extranjero, lanzando granadas, disparando un rifle AK-47, colocando artefactos explosivos improvisados.

Vuelve a levantar los binoculares.

En sus veintiún años en la fuerza policiaca de Nueva York, Ronald sólo sacó su arma de servicio tres ocasiones —dos veces durante los controles de tránsito y una durante el robo a una bodega—, pero si fuera necesario hacerlo, haría lo que fuera para cumplir con su trabajo, incluso hoy, a pesar de lo incapacitado que está.

Retira una mano de los binoculares y toca el bulto que está en su regazo, bajo la cobija. Es su arma de protección de cuando trabajaba en la policía, una Smith & Wesson calibre 38.

Ronald asiente con satisfacción. Alguna vez tuvo la oportunidad de ser un héroe durante el 9/11, y metió la pata.

No va a dejar que se le vaya otra oportunidad.

CAPÍTULO 2

LANCE SANDERSON ENTRA A LA COCINA para servirse otra taza de café. Su esposa, Teresa, está trabajando en la computadora portátil sobre el comedor, y él le masajea un poco el cuello al pasar. Junto a Teresa hay un embrollo de cuadernos, documentos y otros libros de referencia, mientras ella teclea lenta y premeditadamente.

Después de servirse más café, Lance le pregunta:

—¿Quieres otro?

—Ahora no, amor —responde ella—. Quizás en un rato.

Él se queda a su lado, da un sorbo. Debido a las últimas semanas que pasaron bajo el sol africano, a su esposa se le había tostado la piel, haciéndola lucir incluso más radiante de lo normal. El sol le dejó reflejos castaños en el cabello, ondulado y hasta los hombros, y le bronceó las piernas y brazos.

Incluso después de haber tenido dos hijos, ella ha mantenido su cuerpo en forma, sus piernas largas y unas adorables caderas redondas. Lance recuerda con placer la primera vez que hicieron el amor, cuando ambos cursaban el posgrado.

Ella le había susurrado: "Mi cuerpo no es la gran cosa, pero es tuyo... y espera con ansias a un hombre de verdad".

Lance vuelve a acariciarle el cuello y ella suspira suavemente, como un gato satisfecho.

—¿Qué hay de nuevo? —pregunta él.

Ella no levanta la mirada del teclado mientras sigue escribiendo.

—Ese viejo pervertido de la casa de al lado sigue mirando para acá con los binoculares.

—Te dije que dejaras de enseñarle el trasero —dice Lance—. ¿Qué esperabas?

—Jo, jo, jo —ríe ella, y eso alegra a Lance. Es bueno verla de buen humor después de lo que pasó la semana pasada—. Si se lo mostrara, lo único que vería es la arena del desierto que todavía sigue ahí —levanta los ojos del teclado y mira la cocina—. Echo de menos nuestro antiguo hogar —dice—, extraño el océano, los árboles frutales, nuestro patio trasero.

—Yo también.

Ella observa el refrigerador color aguacate y la barra de la cocina amarillo brillante.

—Mira nada más este basurero. Parece que lo decoró un agricultor.

—O un actor de cine —dice él—. ¿Cómo te va con la guía turística?

—¡Ah, eso! —dice ella, pasando una mano sobre los apuntes y los libros distribuidos por toda la mesa—. En estos tiempos, corazón, cuesta trabajo investigar algo sin internet.

Lance vuelve a beber un trago de su café.

—Lo sé. Estoy tratando de hacer lo mismo; clasificando sin saber si estoy redundando en lo que ya dije o repitiendo el trabajo de alguien más.

Entonces Lance siente un frío repentino, como si hubieran abierto una ventana de la casa, o un eclipse inesperado hubiera bloqueado el sol.

Algo así.

El hombre al que conocen como Jason Tyler entra en su cocina. Lance evita dar un paso atrás por temor. A primera vista, Jason no parece muy grande ni robusto, pero eso sólo es la primera impresión. En los pocos días que él y su familia llevan de conocerlo, Lance ha descubierto que a Jason le gusta usar zapatos deportivos cómodos, ropa holgada y camisas de manga corta, como lo que lleva puesto hoy: pantalón gris y una camisa negra. A Teresa únicamente le tomó una noche, en un hotel en Marsella, para subrayar lo obvio: "Mi amor, ese hombre se viste así para esconder sus músculos y las armas que lleva".

El hombre mide más de un metro ochenta, tiene los hombros anchos y la cabeza cubierta de incipiente cabello negro. Tiene la piel oscura, y es curioso, pero bajo cierto ángulo de la luz, se ve ligeramente asiático, pero desde otro ángulo, también parece como si fuera de Medio Oriente.

Un camaleón, piensa Lance, *un camaleón más duro que el acero.*

—¿Todo bien con ustedes? —pregunta Jason.

—Todo bien —dice Lance.

Los ojos de Jason nunca se detienen. Siempre se están moviendo, mirando, evaluando. Sólo asiente rápidamente.

—Sé que le gusta trabajar aquí en la cocina, señora, pero quisiera que encontrara otro lugar. Esa ventana la vuelve vulnerable.

—Me gusta la luz —dice Teresa.

—La vuelve vulnerable.

Lance nota que las manos de su esposa se tensan.

—¿Me lo está ordenando?

Jason hace una ligera pausa.

—No— guarda silencio por un momento—. Acabo de vigilar a Sandy y a Sam. Los dos están bien. Voy a dar una vuelta unos cuantos minutos. Ya conocen la rutina.

Lance suspira:

—Sí. Permanecer adentro. En todo momento.

Jason se va. Así nada más. Un hombre grande, con esos músculos disimulados... Lance pensaría que se movería como un buey o un toro, aplastando las cosas y chocando contra ellas. Pero este hombre... se desplaza como una pantera negra, al acecho, siempre en vigilia.

La temperatura de la cocina parece subir un par de grados.

Teresa vuelve al teclado, escribe dos o tres palabras, se detiene. Levanta los ojos para ver a su marido.

—Lance.

—Dime.

—¿Confías en lo que dice? —pregunta Teresa.

—¿Respecto a qué?

—A que si usáramos internet, estaríamos muertos antes de que acabara el día...

Él extiende la mano, le acaricia la nuca, está muy inquieta. Esta vez no hay ningún dulce suspiro.

—Tenemos que confiar en él. Debemos hacerlo.

Lance se siente perdido en otro tiempo, en otro lugar. ¿Cómo demonios terminaron aquí él y su familia?

—Estamos en peligro —dice Lance—. No nos queda otra opción.

Teresa lo mira a los ojos. Lance baja la mano. Los hermosos ojos cafés de Teresa se llenan de lágrimas.

—¿Pero qué pasará con nuestros hijos? —pregunta—. ¿Qué alternativa tienen ellos?

Desde el otro lado de la casa, se escucha el grito de un niño.

—¡Papá! ¡Ven aquí, te necesito! ¡Ahora!

Con los ojos llorosos, Lance sale corriendo de la cocina sin decir una palabra.

CAPÍTULO 3

RONALD TEMPLE SE SOBRESALTA por el ruido y se da cuenta que dormitaba. Automáticamente, su mano se desliza bajo la manta a su revólver Smith & Wesson calibre 38, justo en el momento en que entra Helen. Relaja la mano cuando ve a su esposa y piensa en lo cerca que estuvo de hacer una tontería. Durante sus años de trabajo, supo de al menos dos casos en los que un parrullero le disparó accidentalmente a su compañero en un momento de pánico o miedo; por eso se siente bien sacando la mano vacía.

Se lograron ocultar con éxito esos dos errores de trabajo, pero Ronald duda salirse con la suya si inventara una historia sobre algún pandillero desconocido que le disparó a su esposa en su propia sala.

Helen logra sonreírle mientras se acerca. No es un día tan cálido, pero lleva puesto un sencillo vestido floral hasta las rodillas con un delgado cinturón negro alrededor de su cintura, cada vez más gruesa. Después de décadas de matrimonio, ella tiene arrugas, está más corpulenta de lo normal y se pinta el cabello a escondidas; pero él sabe que tuvo suerte con ella, una

maestra de escuela jubilada que casi siempre logra tranquili-
zarlo.

Ella le besa la coronilla y le da una palmadita en el frágil
hombro.

—¿Cómo va el espionaje? —pregunta.

Él se resiste a replicar de mala gana, porque no quiere oír lo
que diga Helen, aunque tenga una expresión alegre en su
rostro. Helen casi siempre está de buenas, pero se guarda muy
bien sus resentimientos y frustraciones. Él lamenta haber
tenido una pelea con ella hace algunos años, después de men-
cionar a sus dos hijos, Tucker y Spencer. Uno de ellos trabajaba
en el departamento de policía de Los Ángeles, y el otro en la
policía estatal de Oregon. Helen le dijo: "Por supuesto que
nuestros hijos se mudaron al oeste. ¿Crees que te querían oír
renegando y quejándote de que hacían mal sus trabajos y que
tú lo podrías hacer mejor?".

Así que Ronald sonríe y dice:

—Sólo estoy mirando, es todo. Si más gente lo hiciera, sería
un país más seguro.

Helen mantiene una mano sobre su hombro, y lo masajea
por unos cuantos segundos.

—Tienes razón, pero... en serio, Ronald. ¿De verdad crees
que esa familia puede traer problemas?

Ronald inhala profundo, intenta no toser toda esa mierda
del 11 de septiembre que se le quedó en los pulmones. Él trabajaba como oficial de seguridad para una empresa de inversiones en la Torre Sur. Aunque durante el 11 de septiembre

estuvo en casa por incapacidad, después pasó semanas ahí, trabajando y cumpliendo con su penitencia.

—Mira. No son de por aquí, no socializan y no me gusta ese grandulón que anda por ahí como si fuera su guardia de seguridad o algo así. Simplemente no tiene sentido.

Su esposa se asoma hacia la casa y él está molesto de nuevo: como civil, ella no puede ver lo mismo que él. Lo único que ella percibe es una casa sencilla con gente común adentro. No puede ver más allá.

Helen dice:

—¿En serio? ¿Crees que unos terroristas se van a esconder aquí, en Levittown? Y además... tienen hijos.

—Los terroristas ya han usado a niños antes —dice Ronald con impaciencia—. ¿Y por qué no Levittown? Tiene historia, es el primer suburbio verdadero del país, es lo más puramente estadunidense que hay. Un escondite perfecto, un blanco perfecto. Ya sabes que a los terroristas les gusta atacar algún objetivo que genere muchas noticias. ¿Por qué no aquí?

Su esposa se da la vuelta y se dirige a la cocina.

—Entonces llama a la policía, Ronald. Si estás tan convencido de eso, no te quedes ahí sentado echando chispas y ya. Haz algo al respecto.

Ronald siente el peso del revólver en su regazo. Está haciendo algo al respecto, piensa, y en voz alta dice:

—La policía es demasiado políticamente correcta. No harán nada. ¡Diablos, hasta podrían levantar cargos en mi contra por crímenes de odio o algo por el estilo!

Helen no responde y él se pregunta si no lo escuchó o si lo está ignorando. ¡Demonios! ¿Qué diferencia hay?

Ronald levanta los binoculares y mira a la casa otra vez. El hombre está hablando con la mujer, quien parece estar trabajando en su computadora portátil.

¿Pero dónde está el grandulón? ¿El líder de la célula?

Examina con cuidado las ventanas, la cocina, la recámara principal y la sala.

Nada.

¿Dónde demonios está?

No hay cochera, y como sabe que la casa es prácticamente idéntica a la suya, no tiene sótano ni ático, así que...

Alguien toca a la puerta.

El terror se apodera de él.

—¡No abras!

Pero, de nuevo, Helen no lo está escuchando o lo está ignorando. Se dirige a la puerta y abre; Ronald deja caer los binoculares sobre el regazo cubierto con una manta.

Es el tipo amenazador de al lado.

Se le queda mirando a su esposa.

Helen da un paso atrás.

Dice una frase amenazante:

—Tiene que dejar de hacerlo.

CAPÍTULO 4

LANCE SE MUEVE RÁPIDAMENTE por la casa y escucha de nuevo el grito quejumbroso de Sam y un momento después entra a la habitación de su hijo. Apenas llevan unos cuantos días ahí, y la alcoba del niño de diez años ya es un desastre total. La cama no está tendida, los libreros improvisados están repletos de piedras y libros, y la ropa está tirada por todo el piso como si hubiera pasado un torbellino. En las paredes amarillas hay posters de los Gigantes de San Francisco pegados con cinta.

Sam tiene el rostro encendido y está sentado en una vieja silla de escuela frente a un pequeño escritorio lleno de diminutos huesitos blancos de plástico. Una caja de cartón con la imagen de un dinosaurio de colores brillantes —¿un *T. rex*?— está en el piso. El niño lleva puestos unos jeans, una camiseta negra y unos andrajosos zapatos deportivos blancos.

—¿Qué hay de nuevo, hermano?—pregunta Lance, y va directamente hacia su hijo.

Sam hace un movimiento brusco a la izquierda con la barbilla.

—¡Fue Sandy! Acaba de entrar y de llevarse mi libro sobre los triceratops. ¡Sin pedírmelo siquiera!

Lance acaricia el cabello castaño claro del niño. Sam se parece mucho a su madre.

—Está bien. ¿Algo más?

—Sí, ¿puedes hacer que me lo devuelva? ¿Y cuándo nos vamos de aquí? Estoy aburrido.

—Yo también estoy aburrido. Déjame ir por tu libro.

Lance sale de la habitación y entra a una recámara más pequeña al lado, y ¡qué diferencia!, la cama está tendida, el pequeño clóset está abierto y muestra filas de zapatos y ropa bien ordenada, hay un pequeño escritorio con una silla (idéntica a la de Sam), pero no tiene nada encima. El muro lejano también está repleto de libreros, y todos los libros están acomodados en orden alfabético por autor. Sandy es dos años mayor que su hermano y está en la cama leyendo, con la espalda y los hombros apoyados en un par de almohadas.

El libro tiene un dinosaurio en la portada. Lance da un paso adelante.

—¿Sandy? ¿Cariño?

Ella lo ignora y pasa una página, leyendo un poco más. Tiene el cabello rubio, aclarado por el sol africano, peinado en dos trenzas.

—¿Sandy?

—Déjame terminar este párrafo, por favor.

Lance espera. Luego ella levanta la mirada, su curioso rostro, los ojos, brillantes e inteligentes.

—¿Sí?

Lance dice:

—¿Ese es el libro de Sam?

—Sí.

—Dice que te lo llevaste sin permiso.

—No necesito su permiso —dice ella secamente—. Nadie lo estaba usando. Estaba sobre la repisa. Sam está armando un dinosaurio. Tiene ciento dos piezas. No puede armarlo y leer este libro al mismo tiempo.

—De todos modos, debiste habérselo pedido.

—Pero necesitaba el libro.

—¿Por qué lo necesitabas?—pregunta Lance.

—Porque ya leí todos los míos —explica ella—. Necesitaba algo nuevo que leer, y si se lo pidiera a mi hermano, él podría haber dicho que no, y entonces seguiría sin nada que leer. Así que hice lo correcto y traje el libro a mi habitación.

Perfectamente lógico, piensa Lance, *y perfectamente Sandy*.

—Pero es su libro.

—No lo está usando. Y yo necesitaba algo para leer.

Lance extiende la mano.

—Dame el libro, Sandy. Puedes tomar prestado uno de los míos.

Sandy abre los ojos con sorpresa.

—¿En serio? ¿Cuál?

—*Aníbal y sus tiempos* —dice Lance.

Su hija de doce años frunce el ceño.

—¿De Lewis Chapman?

—Sí.

—Papá, ese lo leí el año pasado. Del 17 al 19 de septiembre.

Lance sonríe.

—Esa era la edición en tapa dura. Ya salió la edición rústica, con un nuevo epílogo y la revisión de varios capítulos. Lo puedes leer, comparar y contrastar.

Sandy parece sopesarlo un momento, asiente, y le devuelve el libro de los triceratops.

—Trato hecho. ¿En cuánto tiempo me puedes conseguir ese libro, papá?

—Como en diez minutos, supongo.

Ella revisa su reloj.

—Son las 2:05 de la tarde. Te espero de regreso a las 2:15.

Lance asegura:

—Por supuesto, cariño.

***

Lance vuelve a la habitación de Sam y le regresa el libro a su hijo. Sam le sonríe y dice:

—¡Gracias, papá!— toma el libro y lo lanza al librero más cercano, y falla. Se cae al piso.

—¿Papá?

—¿Sí, Sam?

Sam continúa jugando con sus huesos de dinosaurio.

—Papá, no olvides tu promesa de llevarnos a las tierras baldías este verano. Quiero participar en una excavación de dinosaurios. Dijiste que lo consultarías en la escuela, con el profesor Chang. Lo prometiste.

—Claro que lo hice —dice Lance, y recuerda la promesa

hecha cuando las cosas eran mucho más sencillas y seguras—. Ya lo veremos, ¿está bien?

La cabeza de Sam todavía está inclinada sobre su mesa atiborrada de cosas.

—¿Ya veremos qué?

Lance le da la espalda rápidamente a su hijo, incapaz de hablar, con la garganta cerrada y los ojos llorosos, pensando en sólo una cosa:

Ya veremos si seguimos vivos para el final de esta semana, ya veremos si llegamos al verano.

CAPÍTULO 5

LA MANO DE RONALD SE DESLIZA con torpeza bajo la manta y toma el revólver calibre 38. Helen da un paso atrás, seguida por el grandulón de la casa de al lado. *¡Maldición!* Si fuera el hombre que alguna vez fue, habría abierto la puerta para ponerse frente a frente con este payaso y estaría frente a su esposa, protegiéndola.

Se quita los tubos de oxígeno de la nariz y se levanta con dificultad de la silla. Se envuelve el cuerpo con la cobija y mantiene el revólver escondido, se esfuerza en caminar lo más rápido posible hasta su esposa.

—¿Qué demonios está pasando aquí?—grita, y detesta lo débil y ronca que le suena la voz. Ser policía y luego oficial de seguridad significa tener una voz de mando, pero esa voz ya no existe.

En cambio, el grandulón de la casa de al lado tiene una voz fuerte y enérgica. Dice:

—Lamento molestarlos, pero espero que dejen de hacer eso.

No es ni muy alto ni muy corpulento, y su ropa oscura es

holgada, pero Ronald percibe su poder y sus habilidades. Sabe que ese hombre es capaz de enfrentar cualquier reto, ya sea intimidar a un vecino o a una pandilla callejera.

—¿Que dejemos de hacer qué? —pregunta Ronald, de pie junto a Helen, con la cobija alrededor del cuerpo, mientras que con una mano escondida, sujeta el revólver. La maldita cosa se siente pesada, como si estuviera hecha de plomo. Se siente culpable, puesto en evidencia, como un niño que la maestra pone frente al pizarrón.

Su observación, sus miradas, su... espionaje. ¿Se dio cuenta? ¿Este hombre musculoso los estaba amenazando a él y a Helen?

El hombre sonrió, pero eso no consuela a Ronald. La sonrisa exhibe unos dientes blancos y perfectos: sin humor, sin amistad.

—Por favor, ¿puede dejar de estacionar el coche en la calle tan cerca de nuestra entrada? —dice—. Se vuelve difícil salir sin que raspemos nuestra defensa.

Helen junta las manos, da un paso adelante y entra en modalidad de pacificadora, como cuando estaba criando a sus dos demonios, y dice:

—Por supuesto que sí. Salgo en unos minutos y lo muevo. Disculpe la molestia.

La sonrisa se vuelve más amplia, lo que hace que el hombre se vea incluso más feroz.

—No es ninguna molestia —mira directamente a Ronald y le dice—: cuídese usted también, ¿de acuerdo?

El hombre se da la vuelta y sale. Después de que Helen cierra la puerta, Ronald dice:

—¿Por qué dijiste que sí tan rápidamente? Quería preguntarle quién es, qué hace aquí, cuánto tiempo planea quedarse. ¡Maldita sea!

Le cuesta trabajo darse la vuelta sin tropezarse con la cobija y regresa a su silla, donde se acomoda de nuevo, se vuelve a poner el tubo de oxígeno bajo la nariz y respira profundamente por las fosas nasales. Hace lo posible para que el cosquilleo de sus pulmones no estalle en un ataque de tos.

Helen se acerca, con las manos todavía entrelazadas y el rostro nervioso.

—Sólo quería que se largara de la casa. ¿Qué culpa tengo?

Ronald mira por la ventana. El grandulón está en la casa, entrando por la puerta principal, pero, ¡maldición!, miren nada más como mueve la cabeza. Siempre está examinando, siempre mirando, siempre evaluando.

—¿Lo oíste? —pregunta Ronald, dándole la espalda a Helen—. "Cuídese usted también", me dijo. Como si supiera que los he estado observando, como si supiera que estoy armado. Ese tipo es listo... y duro.

Helen se queda parada junto a él y mira hacia el pasto bien cuidado y la casa. *Dios mío*, piensa Ronald, *llevaban años viendo a inquilinos entrar y salir de esa casa. Y, a excepción de unas cuantas llamadas para quejarse del ruido, siempre fue un lugar tranquilo.*

¿Y ahora? Esa simple casita parece tan peligrosa como un fumadero de crack.

O algo peor.

Ronald pregunta:

—¿Le viste los ojos? ¿Los viste?

—¿Qué tenía en los ojos? —pregunta Helen.

Ronald se reclina de nuevo en su sillón, respira profundamente y acomoda el revólver para que sea fácilmente accesible. Los recuerdos vuelven a él, algunos de ellos muy oscuros.

—Cuando trabajaba, incluso antes del 11 de septiembre, recibíamos alertas de seguridad, y nos mostraban fotos policiales de varios terroristas y tiradores que podrían ser una amenaza, que podrían estar en la ciudad.

El cosquilleo en los pulmones de repente empeora, y Ronald empieza a toser, toser y toser. Helen va a una mesita cercana, saca unos pañuelos de papel, le limpia la barbilla y los labios, y él tose un poco más.

Ronald finalmente recupera el aliento, pero no puede evitar respirar con dificultad.

—Todas las fotos de esos hombres, fueran blancos, negros, morenos, de cualquier color de piel, todos tenían algo en común: la mirada pétrea y fría del asesino en los ojos —tose una vez más—. Justo como él.

CAPÍTULO 6

A MÁS DE 5,700 KILÓMETROS del suburbio de Levittown, en París, Gray Evans está sentado en un café al aire libre, con las piernas musculosas bien estiradas. Mientras bebe otra copa de *vin ordinaire*, ve pasar al mundo por la Ciudad de las Luces.

Este fraccionamiento no está cercano a la torre Eiffel, a los parques verdes, al muelle d'Orsay, a los restaurantes caros, a los visitantes que se pasean por calles bien iluminadas, o a los barcos que bajan por el Sena con largas filas de turistas. No, este barrio está en las afueras de París, compuesto de calles angostas, callejones aún más estrechos que siempre apestan a orines y por los que circulan hombres de aspecto colérico que caminan en grupos. A esta hora de la noche, no hay una sola mujer por ahí.

Con lo mugriento que se veía el café, Gray casi esperaba que le sirvieran carne de caballo. Aun así, le sirvieron un rico filete con papas fritas. Y el vino era barato y quitaba la sed.

Mientras observa a la gente apresurarse por la calle, detecta a su contacto. Un joven moreno de cabello negro espeso y rizado, con jeans holgados y una chamarra deportiva color canela. Gray vuelve a sorber su copa de vino, revisa el reloj, y decide entretenerse observando cuánto le tomará a su contacto reunirse con él.

El joven sube y baja por la acera de enfrente e ignora a Gray afanosamente, luego se asoma deliberadamente por la vitrina de una tienda, como si revisara si alguien lo sigue. Hasta el peor agente de la unidad antiterrorista francesa —la *Direction générale de la sécurité intérieure*— habría detectado a este payaso hace unos minutos, incluso aunque dicho agente estuviera tuerto y confinado a una silla de ruedas.

Gray revisa el reloj. Ya pasaron casi diez minutos y está por cruzar la calle y agarrar al chico del pescuezo y arrastrarlo hasta su mesa, pero entonces el joven hace su jugada.

Cruza la calle trotando como si se hubiera torcido los dos tobillos y se hunde en una silla al otro lado de la mesita redonda.

—*Bon soir* —dice, susurrando con voz ronca.

Gray asiente. El joven huele a sudor y cebolla frita. Gray toma del bolsillo de su abrigo, la mitad de un billete de diez euros, el que tiene un arco románico de un lado y un puente del otro, y lo desliza por la mesa, atrás de los platos y cubiertos.

El recién llegado también tiene la mitad de un billete de diez euros y su trozo encaja a la perfección con el de Gray. Esboza una gran sonrisa, como si estuviera orgulloso de su gran trabajo encubierto.

—Me llamo Yussuf —dice.

—Un placer conocerte —le miente Gray—. ¿Quieres algo de comer? ¿O tomar?

Niega rápidamente con la cabeza.

—No. No tengo tiempo.

Gray sonríe.

—Estás en una de las ciudades más finas de Occidente, con comida y bebida que envidian por todo el mundo, ¿y no tienes tiempo?

Yussuf vuelve a negar con la cabeza y no deja de mirar alrededor de la calle y el café, como si esperara que la prefectura de policía de París descendiera en rappel por los muros de concreto y ladrillo más cercanos para saltarle sobre la cabeza hueca.

—Tenemos un trabajo para ti —le susurra.

—Estoy seguro que sí —dice Gray—. ¿De qué se trata?

Yussuf vuelve a meter una mano bajo el abrigo manchado y saca un pedazo de papel y una fotografía a color y se las entrega a Gray, éste baja la mirada, sin tocar ni el papel ni la foto.

Yussuf dice:

—Necesitamos que vayas a Estados Unidos y mates a un objetivo. En el estado de Nueva York. Es un lugar llamado Levittown.

Gray se memoriza los cuatro rostros de la fotografía a color.

—¿Por qué? —pregunta.

El joven parece desconcertado.

—Pensaba... que ya habían llegado a un acuerdo antes.

Gray se encoge de hombros.

—Sí, llegamos a un acuerdo. Pero no actúo a ciegas, nunca. Necesito saber el porqué.

Yussuf extiende la mano sobre la mesa atiborrada de trastos y con el dedo le da un golpecito a un rostro de la foto.

—El objetivo nos robó algo.

—¿Lo quieren de vuelta?

Yussuf retira la mano.

—Eso ya no importa... se tomó una decisión, y hay que darle una lección.

Gray dice:

—Está bien, eso lo entiendo. ¿Algo más?

—Cuando llegues, el objetivo podría estar con su familia —dice Yussuf—. Tendrás que tomar en cuenta eso.

Gray vuelve a mirar la foto de los cuatro rostros sonrientes: papá, mamá, hija e hijo.

—¿Quieren que los mate a todos?

Yussuf se inclina hacia delante y baja la voz aún más.

—¿Será un problema?

Pasan dos motonetas a toda velocidad por la angosta calle, tocando las bocinas, dos jóvenes van sentados en los pequeños vehículos y se gritan el uno al otro. Una vez que hay silencio, le toca a Gray inclinarse hacia delante.

—No —dice calladamente—, ningún problema.

CAPÍTULO 7

JASON TYLER HA VIAJADO a casi todos los continentes del mundo trabajando al servicio de su país. Ha saltado de aeroplanos y nadado en ríos, ha disparado y le han disparado, ha negociado y lidiado con gente, desde los jefes de tribus afganas hasta los miembros élite del servicio aéreo especial británico. Pero nada de eso lo ha preparado para lidiar con esta joven y enojada madre estadunidense.

—Mire —dice Teresa Sanderson con los brazos cruzados, parada en la cocina—. Sólo quiero ir a pasear por el barrio, ¿está bien? Despejar mi mente, estirar las piernas, tomar un poco de aire fresco antes de ir a la cama.

Pero Jason se opone:

—Lo siento, señora. No lo puedo permitir. Ya conoce las reglas. Todos ustedes deben quedarse bajo mi cuidado en todo momento. La única manera en que puede salir de la casa es si la acompaña su familia. Y a esta hora de la noche, nadie sale.

Teresa camina a la puerta de la cocina y pone la mano en la manija, como si lo retara.

—¿Y qué hará si abro esta puerta y salgo caminando?

—Haré mi trabajo —dice él, desviando la mirada sólo por un segundo—. Mi trabajo... defenderlos a todos, al máximo.

Teresa mira fijamente a Jason; él también la observa. Al final, ella dice:

—Lo siento. Ya no tolero más esta situación.

Sale hecha una furia de la cocina y Jason oye que se azota la puerta de la habitación de Teresa y su marido. Se escuchan gritos. Sacude la cabeza y camina por el pasillo, rumbo a las habitaciones de los niños.

Golpea la primera puerta, y la niñita dice:

—Puede entrar.

Jason abre la puerta y da un paso dentro de la habitación limpia y ordenada. Dice:

—¿Estás bien, Sandy?

La niña está en la cama, con las cobijas hasta el pecho y un libro grueso entre sus manos esbeltas.

—Estoy bien —dice, sin levantar la mirada del libro—. ¿Por qué no habría de estarlo?

—Ah... —Jason lleva varios días junto a esta niña bonita y todavía no logra descifrarla—. Está bien, sólo revisaba.

Mientras él se va, ella dice:

—Oh, ¿señor Tyler?

—¿Sí, cariño?

—¿Cuándo es su cumpleaños?

—Ah... el treinta de mayo.

—¿Y el año?

Le dice el año. La joven Sandy asiente con satisfacción.

—Nació un lunes —dice ella.

Él se asombra.

—¡Tienes razón! —dice.

Ella vuelve a su libro.

—Por supuesto que tengo razón. Nunca me equivoco.

El desastre de la habitación del niño trae dulces recuerdos a la mente de Jason, de cuando le hizo pasar malos ratos a su madre soltera mientras crecía en Seattle. El chico levanta la mirada con entusiasmo y dice:

—Sí, estoy bien. Escuche, ¿puedo preguntarle algo?

—Claro.

—¿Es soldado?

Jason no quiere entrar en detalles respecto a su estancia en las fuerzas armadas, antes de trabajar en los servicios de inteligencia que operan allá afuera, en las sombras, así que dice:

—Sí, lo soy.

—¿Alguna vez disparó una pistola?

—Muchas veces.

—¿Puedo ver su pistola?

Jason sonríe.

—Buenas noches, pequeño.

Afuera, el aire nocturno se siente tibio y cómodo. Jason camina por el perímetro de la casa, revisando las ventanas y las puertas. Chicos dulces, familia dulce. Espera que todos estén dormidos en un rato, porque eso le facilita el trabajo. No necesita una noche completa para dormir —no por un rato, y no durante este operativo— pero estará contento cuando haya terminado el trabajo. Ha sobrevivido y le ha ido bien en circunstancias mucho peores, en lugares que ni el norteamericano más listo podría encontrar en el mapa.

Jason mira a la casa de al lado, donde viven el anciano y su mujer. Vecinos entrometidos. Espera que no sean un problema.

Hace una pausa en la parte de atrás, cerca de las ventanas de la habitación. Oye voces en la recámara principal.

Algo lo está molestando, algo muy importante.

Odia mentirle a esa señora tan amable, aunque esté enojada con él.

Porque él tiene órdenes claras, muy claras.

Si las cosas salen mal, y si eso sucede en breve, tendrá que hacer algo que lo hará odiarse a sí mismo por el resto de su vida.

Se oye un ruido crepitante en un arbusto lejano que bordea la casa. Sus manos se mueven solas, y con una de ellas saca una pistola Beretta de 9 milímetros y con la otra un telescopio monocular de visión nocturna. Analiza el patio trasero y hay algo que se mueve, es…

…un mapache gordo que anda por un barrio aparentemente seguro, de este país supuestamente seguro.

Jason baja el arma y su telescopio de visión nocturna, y mira las luces tranquilas y placenteras de los suburbios que lo rodean.

—¡Dios! —dice—. Cómo quisiera estar de vuelta en Kabul.

CAPÍTULO 8

LANCE SANDERSON CUELGA su camisa y su pantalón cuando su mujer entra apresuradamente a la habitación. Sin decir una palabra, Teresa va al closet, saca una maleta negra y empieza a poner su ropa adentro.

—Mi amor, ¿qué pasa?

Ella no dice nada. Jala la ropa del closet con tanta fuerza que los ganchos de alambre vacíos se golpean con un sonido metálico.

—¡Teresa!

Se siente como un tonto, ahí parado en la habitación, vistiendo sólo calzoncillos. Pero conoce a su esposa, y no puede ignorar lo que le está pasando.

—Estoy cansada de huir —dice ella, llevando la maleta a la cama y soltándola con un golpe seco y pesado—. Estoy harta de todo esto, demonios. Nos estamos alimentando de porquerías, tenemos miedo todo el tiempo... ¡Diablos! ¡Ni siquiera tenemos la ropa necesaria! ¿Te acuerdas del día que llegamos? Estaba a punto de llover y Sandy y yo tuvimos que cubrirnos con mascadas. ¡No lo soporto!

Lance respira profundamente y da un paso adelante.

—¿Pero qué podemos hacer? ¿Qué opción tenemos?

Teresa le lanza una mirada agresiva.

—Tenemos una alternativa justo ahora. Nos iremos. Tendremos cuidado, mantendremos un perfil bajo, nos pondremos en contacto con mi primo Leonard...

—Sería demasiado para tu primo Leonard —dice Lance—. Es un buen policía, un tipo valiente, pero...

Teresa lo interrumpe.

—Puede ser, pero es mi familia. Puedo confiar en mi sangre, pero no sé si puedo confiar en... ese hombre.

—Pero... tenemos algo importante, al menos eso nos dijeron —dice Lance, preguntándose si hay una posibilidad de terminar con esta situación antes de que los niños los oigan—. Tenemos que esperar aquí antes de entregar lo que tenemos a la gente correcta. Y no lo podremos hacer si huimos nosotros solos.

Teresa se detiene frente al closet.

—¿Les crees? Me lo puedes decir ya, Lance... ¿Qué fue lo que de verdad pasó en la excavación? ¿Qué es lo que casi nos mata?

—Ya sabes lo que pasó —dice él—. Estabas allí.

—No estuve ahí todo el tiempo contigo —dice ella—. Me cuesta trabajo creer las sandeces que dicen sobre lo que supuestamente ocurrió... y tú caíste redondo. Dime lo que en realidad pasó. Hubo un altercado en el sitio de excavación, ¿no es así? Hiciste enojar a alguien, ¿verdad?

Lance se desprecia y siente que la rabia empieza a crecer en él.

—Siempre hay un altercado sobre el sueldo, cada temporada. No es nada nuevo. Ya te lo dije un millón de veces: no hay nada que contar. Estabas ahí. Y lo que pasó... no tuvo nada que ver con el dinero.

Se miran fijamente el uno al otro, y ella vuelve al closet.

—Perfecto... Si tú lo dices. ¿Quieres guardar secretos como ellos? Adelante. Después de todo, ya renunciaste a tu responsabilidad.

Lance pregunta:

—¿Qué responsabilidad?

—La de ser un hombre —espeta Teresa—, un marido, un padre que proteja a esta familia... en lugar de contratar protección, como si se tratara de emplear a un excavador.

Lance abre la boca, pero descubre que no hay nada que decir. Las palabras de ella van al grano, son punzantes y, peor aún, son la verdad. Él sabe que es un académico que se siente más a gusto en la excavación que en un conflicto, y permitió que a su familia le dieran órdenes y la trasladaran al otro lado del mundo, de tan apocado que es.

Teresa se pasa una mano sobre el rostro y se le llenan los ojos de lágrimas.

—Perdón, mi amor, fue un golpe bajo. No te lo mereces.

Lance da un paso adelante, la toma suavemente en un brazo y siente un impulso de gratitud cuando ella lo abraza con fuerza. Ella susurra:

—Tengo miedo. Lo siento, pero tengo pavor. No importa qué pasó allá... tengo mucho miedo ahora.

Él le masajea la espalda baja.

—Saldremos de esto, lo prometo. Estaremos a salvo.

Lance se queda ahí parado un minuto, abrazando a su esposa con fuerza, mientras alguien toca ligeramente a la puerta. Teresa le besa el cuello y él se aleja suavemente, se pone una bata de baño color azul cielo y abre la puerta.

Jason está ahí.

—Voy a apagar las luces en unos minutos. ¿Todo bien?

Lance observa a Teresa. Ella se muerde el labio inferior y asiente ligeramente. Él mira a Jason y dice:

—Todo bien.

Jason asiente y se da la vuelta. Lance cierra la puerta de la habitación, va a la cama y pone la maleta en el piso.

Teresa pregunta:

—¿Lo viste?

Lance no tiene idea de a qué se refiere su esposa, así que decide seguirle la corriente y fingir ignorancia:

—Perdón, ¿vi qué?

—El rostro de ese hombre —dice Teresa—. Está pasando algo. Tiene cara de...

—Culpa —dice Lance, terminando su frase—. Sí, tiene cara de sentirse culpable. Lo vi también. Como... si nos ocultara un secreto.

—¿Pero cuál?

Lance dice:

—Mi amor, no lo sé. Simplemente no lo sé.

CAPÍTULO 9

EN EL PEQUEÑO CAFÉ en una calle de París, Gray Evans revisa su reloj. Es hora de ponerle fin a esta pequeña recepción.

Le pregunta a Yussuf:

—¿Apoyaste al equipo que vino aquí en noviembre hace dos años?

El otro hombre sonríe de oreja a oreja.

—No, pero conocía a la mayoría... y respeto lo que hicieron. Son unos mártires, unos valientes.

Gray asiente con empatía, pero en realidad piensa, *No, eran unos estúpidos infelices.* Una cosa es atacar a tus enemigos, ¿pero acabar muerto en el proceso? ¿Qué sentido tiene? Gray sabe que nunca podría convencer a este hombre, él es un verdadero creyente.

Yussuf dice:

—Entonces, ¿estamos de acuerdo?

—Sí —dice Gray.

El joven saca un teléfono móvil.

—Acordaré tu pago—. Sus dedos sucios manipulan la pantalla y dice: —¡Ya está!

Gray tiene su iPhone en las manos, y recibe una notificación de un jugoso depósito en su número de cuenta de las Islas Caimán.

—Bien —dice—. Tenemos un trato.

Guarda el teléfono y levanta una servilleta blanca, y distraídamente empieza a frotar los mangos de su tenedor y cuchillo. Yussuf ignora sus movimientos y dice:

—Dos cosas más, si me lo permites.

—Adelante —dice Gray, sintiendo que lo cubre una sensación de alivio mientras trabaja con los cubiertos.

—Eres estadunidense. ¿Por qué haces esto? ¿En tu país? ¿A tu propia gente?

Gray se acabó su *vin ordinaire*, empieza a frotar la copa también con la servilleta de tela. Pasa un pequeño y maltratado taxi y por un momento lo ahogan los ruidos del escape.

—Alguna vez significó algo ser estadunidense —dice Gray suavemente—. Eras parte de un pueblo y un país al que todos respetaban y temían. Cuando un estadunidense caminaba por la calle o cuando un avión de combate subía al aire o si un barco zarpaba al mar, el mundo ponía atención. Ahora el mundo se burla de nosotros, nos fastidia. Nos dimos por vencidos. Nos preocupamos por tonterías, como el corte de cabello del candidato o qué baño deben usar los transexuales. Eso es de perdedores. No me junto con perdedores.

Yussuf dice:

—Entiendo lo que dices. Y... esta es la otra cosa.

De su abrigo sacó un pequeño sobre.

—Me pidieron que te diera esto y que lo leyeras antes de irme.

Gray abrió el pequeño sobre, extrajo un pedazo de papel y lo leyó. Levantó la mirada para ver a Yussuf y le dijo:

—¿Sabes lo que hay aquí dentro?

—No.

—Bien.

Con la servilleta de tela, levanta el filoso cuchillo de bistec que usó antes, se inclina rápidamente sobre la mesa, toma el cabello de Yussuf con la mano izquierda y le entierra el cuchillo en el ojo derecho. Yussuf tose, se estremece y se desploma. Gray desliza el cuchillo hacia afuera, empuja suavemente el cuerpo hacia atrás para que quede desplomado contra la silla, como si Yussuf hubiera comido o bebido demasiado.

Gray se levanta, recoge el teléfono de Yussuf, la foto familiar, el trozo de papel con la palabra "Levittown" garabateada, y el sobre con la pequeña hoja de papel. Vuelve a leerlo y sonríe para sí.

MATA A YUSSUF SI QUIERES UN BONO.

CAPÍTULO 10

EN UN EDIFICIO DE VIDRIO Y METAL en una oscura zona de oficinas en las afueras de Arlington, Virginia, un oficial de inteligencia conocido como "el Gordo" levanta la mirada cuando abren la puerta de su oficina. Entra una mujer sin anunciarse, dando largos pasos y sin haber tocado a la puerta. Está más flaca que un palo, lleva puesto un vestido rojo con cinturón blanco de cuero y tiene el cabello rubio y corto. Tiene los brazos cargados de pulseras doradas y dice:

—Tenemos un problema con la familia Sanderson.

El Gordo asiente.

—Adelante.

La mujer, mejor conocida como "la Flaca", dice:

—Recibimos un mensaje de su custodio esta mañana. La familia se está poniendo inquieta y amenazan con irse. Sabes que no podemos permitir que eso suceda.

—Lo sé —dice el Gordo—. Pero esa fue la opción que exigieron a cambio de cooperar. Algo discreto, sin quedarse en una base militar, por el bien de sus hijos.

La Flaca dice:

—Podríamos poner un equipo de respuesta en su barrio.

Él dice:

—Eso agrega un nivel de complejidad. No se puede esconder a una unidad como esa, tienes que notificar a la policía local, se esparcen rumores y cuentos... No, se quedan en donde están. Además, tenemos mucho más de qué preocuparnos.

—¿Qué? —pregunta ella.

Él abre un folder color manila con borde rojo y dice:

—Nuestros colegas de la agencia de seguridad nacional han oído rumores sobre la familia Sanderson, provenientes de células ubicadas al norte de África. Todavía no se sabe con certeza, pero obviamente no están discutiendo la posibilidad de enviar una canasta de fruta a la familia. Consignaron a unos sicarios para encontrarlos.

—¡Maldita sea! —exclama la Flaca—. ¿Podemos trasladar a los Sanderson?

—Eso los vuelve más vulnerables.

Ella pregunta:

—¿Cuánto tiempo falta?

—Dos días, espero —dice el Gordo—. Necesitamos que Clarkson los interrogue, y por ahora está en la frontera entre Libia y Egipto, cerca de Salum. Lo haremos tan pronto como podamos.

—¿Por qué tiene que ser Clarkson?

El Gordo se indigna. Su día apenas comenzó y ya está en el atolladero.

—Viste mi memorándum. Ella es la única con el talento

necesario para hacer la interrogación. Así que vamos a esperar hasta que llegue a Estados Unidos.

La Flaca niega con la cabeza, se dirige a la puerta.

—Estás jugando con sus vidas.

El Gordo suspira.

—Eso es lo que hemos hecho, cada maldito día de la semana.

CAPÍTULO 11

LA MAÑANA SIGUIENTE, después del desayuno, Jason Tyler le pregunta a Teresa si ella y la familia quieren salir de compras, y Lance está contento de ver la velocidad con la que ella acepta la oferta. No han mencionado la discusión de anoche desde que él y Teresa se despertaron, y para Lance eso es perfecto.

Ahora están en un supermercado y Jason estaciona la camioneta a cierta distancia de la tienda, donde no haya otros vehículos cerca de ellos. Sam dice:

—Ay, ¿por qué no pudimos estacionarnos más cerca? Hay muchos espacios enfrente.

—Les dará la oportunidad de hacer un poco de ejercicio —dice Jason.

Se baja del coche y Lance lo observa, ahora con más conciencia. Sabe cómo trabaja. Quiere que la camioneta esté aislada, para que sea fácil de encontrar... y que sea difícil para que alguien llegue sin que lo noten.

Su guardaespaldas también insiste en que bajen de la camioneta uno a la vez: Lance, Teresa, Sam, y al final, Sandy. Allá en la casa, Jason había insistido que entraran a la camioneta en el orden contrario, Sandy primero y Lance hasta el final.

Los apresura por el estacionamiento y Lance se siente relajado entre los demás compradores que salieron en esta mañana primaveral. Es Estados Unidos en su esencia más pura, con los carritos de súper, las decoraciones de los pasillos y rodeados de familias de todas las edades y colores. Lance observa a Jason para ver si él también está relajado.

No, no lo está. El hombre se mueve constantemente, va hacia delante, se coloca atrás, mirando siempre hacia todos lados, siempre... en guardia.

Siempre vigilando. ¡Qué vida debe tener ese tipo!

Pasan un rato subiendo y bajando lentamente por los pasillos atestados de gente y, Teresa se detiene abruptamente cerca de los refrigeradores de lácteos, y dice:

—¡Cielos, yogurt! Vale la pena abastecernos bien.

Da la vuelta y comienza a pasarle varios botes a Lance, quien a su vez los pone en el carrito, él levanta la mirada y...

Los niños ya no están.

Jason ya no está.

¡Qué demonios!

Teresa lo ve detenerse y dice:

—¿Qué ocurre?

—Los niños se fueron. Y Jason también.

Su esposa mira entre los pasillos tan ajetreados y dice:

—Ya los conoces. Probablemente decidieron escabullirse de Jason y de nosotros. Yo no me preocuparía.

Lance oye lo que ella dice, pero, por la expresión de su rostro y sus ojos, ninguno de los dos cree en lo que dijo.

CAPÍTULO 12

UNOS CUANTOS MINUTOS DESPUÉS, ÉL Y TERESA ESTÁN en la sección de productos agrícolas. Teresa hace su mejor esfuerzo por parecer tranquila y Lance se comporta igual de plácido. El ir y venir en medio de la seguridad de los compradores, los mostradores rebosantes de frutas y verduras... A Lance le cuesta trabajo creer que hace unos cuantos días, él y su familia estaban en medio del desierto tunecino, viviendo de comida enlatada y deshidratada.

Una mujer de cabello azul oscuro y mallas de yoga muy ajustadas choca contra el carrito de Teresa, se encoge de hombros y se va caminando. Teresa dice:

—Este lugar está bien, pero ¡maldita sea, extraño mi mercado local!

—Yo también —dice él discretamente, y sus ojos se mueven de un lado al otro—, pero mi cintura no se queja de que no comamos esos pastelitos para el desayuno. Oye, te vi trabajando en la mañana antes de que saliéramos. ¿Cómo vas con la guía de turismo?

Teresa empieza a examinar los duraznos amarillos con

despreocupación estudiada, uno a la vez, y observa la multitud constantemente en busca de los niños. Lance abre una bolsa de plástico.

—¿Cómo crees? —dice ella—. No tener internet significa no investigar. Sin el gran Google, es como si hubiéramos retrocedido treinta años en el tiempo... pero al menos no tengo que escribir el texto en una máquina de escribir mecánica. ¿Y tu trabajo?

—Nada bien —dice él—. Después del tiempo que nos tomó conseguir los permisos y organizar el papeleo para llegar al sitio de excavación, y luego dejar la excavación casi dos meses antes... no importa cuál sea la excusa, en Stanford estarán bastante molestos cuando se enteren. Eso retrasará mi investigación al menos un año, si no es que más.

Lance ata la bolsa de plástico, la coloca suavemente en el carrito de compras, y el carrito de Teresa choca contra la esquina de un exhibidor de plátanos. Ella se ruboriza, y Lance mira las verduras cercanas y trata de aligerar el ambiente.

Levanta un pepino largo y grueso y se lo muestra a su esposa.

—Oye, mi amor, ¿esto te recuerda a alguien que conozcas?

Su sonrisa irónica le aviva el corazón. Teresa se lo quita, lo deja en su lugar y le pone un pepinillo en la mano.

Él suelta una carcajada y se acerca para besarla, pero Jason llega inesperadamente, con una mano en el hombro de Sandy y la otra sobre Sam. Sandy está leyendo un grueso almanaque de pasta rústica con datos científicos, mientras que su hermano eligió un cómic de Batman. Sam no está leyendo, se está retorciendo bajo el apretón de su guardaespaldas.

—Mamá, papá, ¿tengo que hacerle caso a Jason? —pregunta con voz fuerte—. Dice que tengo que hacer lo que él me diga. ¿Es cierto?

Teresa se queda quieta con las dos manos sujetas al carrito de compras. Lance toma nota del semblante de determinación de Jason y el rostro de enojo de su hijo y piensa, *No tienes la menor idea*. Pero en voz alta dice:

—Sí, al menos por un tiempo más.

Sam se aleja, retorciéndose.

—¿Y cuánto sería eso?, ¿eh?, ¿cuánto?

Jason le da un golpecito no tan suave a Sam en el hombro.

—Escucha a tu papá.

Teresa extiende la mano, toma el almanaque y el cómic de sus hijos, los pone en el carrito del súper y sigue empujando y comprando con determinación.

Afuera en el sol, Lance se mueve por el estacionamiento con su familia y Jason. Sandy está leyendo su nuevo almanaque otra vez y Sam está mirando al suelo, con el cómic de Batman en las manos.

Jason abre la cajuela de la camioneta y ayuda a Teresa a guardar las compras.

Lance está por preguntarle a su esposa qué cenarán.

Del otro lado del estacionamiento suena un fuerte *¡bum!* Aunque Lance ve cada movimiento, cada segundo, todavía no puede creer la rapidez con la que se mueve Jason. Abre de golpe la puerta trasera de la camioneta y literalmente lanza a Sandy y a Sam adentro. Lance corre a la puerta delantera, pero para cuando la abre, su esposa ya está en la parte de atrás con los niños. Las puertas están cerradas y Jason ya arrancó la camioneta, y sigue manejando con la puerta del conductor abierta.

Nervioso, Lance pregunta:

—¿Qué está pasando...?

—¡Silencio! —ladra Jason, y desde la parte de atrás Teresa dice:

—Tranquilos, está bien, parece que fue un choque leve y nada más.

Lance mira hacia atrás y ve un Volkswagen azul cielo con la parte lateral golpeada por una camioneta roja que estaba saliendo en reversa. Sacude la cabeza. No puede creer las dos cosas que acaba de ver.

Una fue lo rápido, eficiente y centrado que estaba Jason en ponerlos a salvo dentro de la camioneta. Estaba estacionado de modo tal que pudieron salir fácilmente del estacionamiento y entrar a la calle principal.

Y la otra... la otra fue su esposa, Teresa.

Cómo miraba a Jason con agradecimiento, admiración...

¿Y algo más?

Para confirmar esa idea, Teresa se estiró hacia delante y le dio una palmada a Jason en el hombro.

—Te agradezco, Jason —dice—. Gracias por cuidarnos.

Luego se reclinó en su asiento sin haberle dicho una sola palabra a su marido.

CAPÍTULO 13

EL POLICÍA DEL ESTADO DE NUEVA YORK Leonard Brooks se acerca con renuencia al edificio del departamento de policía del condado de Nassau. La estación de ladrillo de una sola planta parece más una sucursal de banco.

Aunque tiene puesto el uniforme completo, vino por una misión personal que no tiene nada que ver con el trabajo, y se está preguntando qué tipo de recibimiento tendrá. Tras pasar un par de minutos en el vestíbulo, lo acompañan a una zona de oficinas y se reúne con Mark Crosby, un hombre corpulento de cabello negro que trabaja como comandante y como inspector asistente del distrito.

Crosby se inclina sobre su ordenado escritorio y dice:

—Bien, ¿qué podemos hacer por usted el día de hoy, oficial Brooks?

Brooks tiene su boina en el regazo, y dice:

—Es algo delicado.

Crosby esboza una sonrisa cómplice.

—Siempre lo es. ¿Qué está pasando?

—Se trata de mi prima —dice—. Teresa Sanderson. Su

mamá está preocupada. Se fue a un viaje al extranjero y se suponía que no volvería por al menos dos meses más. Pero su mamá recibió una llamada suya hace dos semanas que le pareció inquietante.

—¿Inquietante en qué sentido?

—Le dijo a su mamá que estaba bien, que se encontraba en Estados Unidos, y que se estaba quedando en Levit... y luego se cortó.

—¿Levit? ¿Es todo?

—Es todo —dice Leonard—. Se desconectó la llamada, pero su mamá cree que iba a decir Levittown.

—Ajá —dice Crosby, golpeteando el escritorio con los dedos—. ¿Tiene amigos o parientes ahí?

—No.

—¿Sabe si antes ha estado en ese lugar?

—No.

—¿Alguna conexión de cualquier tipo?

—No que yo sepa —dice Leonard, consciente de que esta conversación no está saliendo bien—. Lo único que le quiero pedir es que pase la voz entre sus oficiales, que estén en alerta por si la ven y...

Crosby levanta la mano.

—¿Cuál es su dirección personal?

—Palo Alto, California.

—¿Ya contactó a la policía de ahí?

—Sí, pero...

Crosby niega con la cabeza.

—La tropa L cubre esta parte del estado. ¿Usted pertenece a ella?

—No, señor.

—Y aun así, aquí está —dice Crosby—, de modo extraoficial.

—Bueno, es un favor, supongo, y...

—¿En qué tropa está, exactamente? —pregunta Crosby con el ceño fruncido.

—En la tropa T, señor.

—¡La Tropa T! Entonces trabaja en la carretera de peaje, ¿y viene aquí, en busca de un favor así? Dios, si estuviera en la L, quizá me podría convencer de arreglar algo, pero no. No pienso arriesgar el pellejo por usted y su prima. No lo conozco y no sé qué se trae entre manos.

—Pero si yo...

—Me está haciendo perder el tiempo, oficial Brooks. Y no me sobra. Creo que es hora de que se dirija de nuevo a la carretera de peaje, antes de que le llame a su jefe y le diga que se fue por la libre. Me parece que a usted no le gustaría eso, ¿tengo razón?

Leonard se levanta, consciente de que su cita ya terminó.

—Tiene toda la razón, inspector Crosby. Aprecio su tiempo.

Crosby se queda sentado detrás del escritorio y levanta las dos manos.

—Mire. Estas cosas terminan resolviéndose, ¿de acuerdo? Estoy seguro de que su prima y sus hijos están bien.

—Espero que tenga razón.

***

De vuelta en el sol brillante, Leonard Brooks se ajusta la boina y repasa la conversación mientras se acerca a su patrulla, una Dodge azul oscuro de la policía estatal.

Fue productiva, aunque no en el modo en que él hubiera querido.

¿Cómo supo el inspector Crosby que su prima tiene hijos?

CAPÍTULO 14

HELEN RECOGÍA UNA TAZA DE TÉ vacía de una mesita de centro cuando Ronald Temple vio que la camioneta negra llegaba a la entrada. El hombre corpulento se bajó primero y luego abrió la puerta. Salieron los adultos, seguidos de los niños. Los escoltó a la casa y luego de unos cuantos minutos, el tipo corpulento regresa y saca varias bolsas de plástico llenas de compras y las lleva a la casa.

Helen regresa para limpiar la mesa y Ronald dice:

—¿Ves eso? ¿Lo ves? Siempre van en grupo. ¿Quién demonios va de compras en familia? ¿Y con un guardaespaldas, además?

Helen limpia la mesa cuidadosamente con un trapo suave.

—¿Cómo sabes que es un guardaespaldas? Quizá sólo sea un amigo o un pariente, tal vez sea un hermano del hombre o de la mujer.

Ronald levanta los binoculares, mira la casa. Divisa a la mujer que guarda las compras en el refrigerador.

—Simplemente lo sé —dice, con los binoculares todavía en los ojos—. Cuando era policía, antes de trabajar en los servicios de seguridad, sabía estas cosas. Es el instinto. Por la manera en que alguien camina sabía que llevaba un arma oculta. Ese tipo está armado. Simplemente lo sé.

Helen pierde la paciencia antes de salir de la sala.

—¡Entonces llama a la policía, por el amor de Dios!

—¿Eh? —pregunta él, mientras baja los binoculares y voltea la cabeza.

—Ya me oíste —dice ella, con el trapo de cocina todavía en la mano—. Si crees que ese tipo lleva pistola, y probablemente es ilegal, entonces llama a la policía. Haz que vengan a revisarlo... Ronald, me estoy cansando de todas tus teorías de la conspiración, por favor.

Ronald siente que se le sube el calor al rostro.

—Está bien, eso haré. Pásame el teléfono. Llamaré a la policía de inmediato.

CAPÍTULO 15

LANCE AYUDA A TERESA a guardar las compras. Ella frunce el ceño cuando se vuelve a sentar a la mesa de cocina con sus libros y su computadora portátil.

—Una vez más intentaré escribir un libro en el siglo veintiuno, sin usar la tecnología del siglo veintiuno.

Él le besa la frente y le dice:

—Sólo un par de días más. Es todo.

Ella le toma la mano, la aprieta.

—Está bien, profesor, pero si llegamos al día tres y todavía me prohíben Google, yo te privaré de algo más íntimo. ¿Entendido?

Él la besa una vez más.

—Entendido.

Lance hace una breve caminata por el pasillo cercano y ve que Sandy está leyendo un grueso libro de texto que él le prestó ayer. Luego asoma la cabeza en la habitación de Sam, que está agachado sobre un modelo de dinosaurios que arma lentamente.

Lance vuelve al pasillo y casi choca contra Jason.

—Profesor —dice él.

—Jason —responde, y recuerda con una sensación amarga la plática que tuvo con Teresa anoche—. Mira... ¿podemos hablar en otra parte?

Jason dice:

—Claro. ¿Dónde?

Buena pregunta. Las únicas habitaciones que no se están usando en este momento son el baño, la pequeña sala y la recámara principal.

—Ven conmigo, ¿quieres?

Lance entra a la habitación principal y Jason lo sigue. Lance dice:

—Quiero ayudar.

Jason hace una pausa y dice:

—Me puede ayudar quedándose con su familia, bajo mi vigilancia, hasta que estén listos en Langley para trasladarlos. Eso sería de gran ayuda.

—No entiendes —dice Lance—. Soy el jefe de familia. Son mi responsabilidad, es mi culpa que estemos en problemas y que ellos estén aquí, en la clandestinidad. Quiero defenderlos si... si pasan cosas.

El rostro de Jason se mantiene impasible.

—¿Alguna vez estuvo en el ejército? ¿Alguna vez fue policía? ¿Es miembro de la Asociación nacional de rifles?

—No, ninguna de las tres, pero eso no quiere decir que no pueda...

Lance no puede creer la rapidez con la que se mueve Jason, porque en uno o dos segundos ya sacó una pistola negra y ahora la tiene en la mano derecha.

El tiempo se detiene. La pistola está apuntada directamente al pecho de Lance.

Y sin advertencia, Jason le lanza la pistola abruptamente a Lance.

Lance titubea y la atrapa, pero casi se le cae. La pistola se siente fría y desconocida en su mano. Es voluminosa, pesada; es la primera vez que sostiene una pistola en su vida. Es como si del arma emanara una sensación de poder, el potencial de disparar, herir y matar.

—Dispáreme —dice Jason.

—¿Qué?

—¡Dispáreme! —Jason da un paso adelante: grande, corpulento, con un aspecto que da miedo.

—Usted tiene la pistola. Los estoy amenazando a usted, a su esposa, a sus hijos... ¡Reaccione! ¡Dispáreme! ¡Ya!

Lance mueve la pistola con torpeza, y en un santiamén Jason la toma de vuelta, torciendo dos dedos de Lance. Éste da un grito.

—No tengo el tiempo ni ganas de entrenarlo para su defensa personal, profesor Sanderson —dice Jason con un tono de desdén—. Esto lo rebasa. Así que mantenga unida a su familia y déjeme hacer mi trabajo.

Lance se siente avergonzado, aturdido, y no sabe qué decir.

Y luego suena el timbre.

La pistola que estaba en la mano de Jason vuelve a desaparecer bajo su ropa.

—Encierro de seguridad, ¡ahora! —ordena con voz imperiosa, y sale, rumbo a las recámaras de los niños—. ¡Muévanse!

CAPÍTULO 16

DESDE SU CÓMODA SILLA RECLINABLE (le pasa por la cabeza la breve y macabra idea de que probablemente lo enterrarán con esta cosa cuando llegue la hora), Ronald mira satisfecho mientras llega una patrulla del condado de Nassau y se detiene lentamente frente a la casa de al lado.

—¡Caramba! —susurra, sonriendo—. No puedo creer que vayan a hacer algo.

Acababa de hacer la llamada hace unos diez minutos. Debido a la respuesta aburrida de la operadora —cuya frase favorita era: "sí, sí"— Ronald pensó que no sucedería nada.

A veces es agradable que se demuestre lo contrario.

Se abre la puerta de la patrulla y sale una oficial de la policía. Ronald se levanta de la silla, haciendo una mueca por el dolor en las piernas. Se quita los tubos de la nariz y camina lentamente hacia la puerta con la cobija y el revólver en la mano.

De la cocina llega el ruido de una televisión, con el volumen muy alto. Helen está viendo uno de sus programas de telerrealidad sobre amas de casa demasiado arregladas que se la pasan gritándose. En este momento están horneando un pastel para un evento próximo de la iglesia.

Va hasta la puerta de adelante y la abre lentamente. Cerca de la puerta hay un pequeño tanque de oxígeno con dos ruedas en la base y una manija, para usar durante las pocas ocasiones en las que Ronald sale. Se coloca la manguera alrededor de la cabeza, gira la manija y respira por las fosas nasales.

A pesar de todas sus dolencias se siente bastante bien mientras observa a la oficial de policía acercándose a la puerta, que ahora está escondida por un arbusto.

Le llega un recuerdo del pasado. Esta vez... esta vez no meterá la pata.

Martes, 11 de septiembre de 2001.

Debía haber estado en el trabajo esa mañana como guardia de seguridad en una empresa de inversiones, pero la noche anterior se había puesto una buena borrachera en la fiesta de jubilación de Frank Watson. Con una resaca punzante, llamó para avisar que estaba enfermo, apagó el teléfono y volvió a tumbos a la cama para seguir durmiendo.

Pasaron horas para que se diera cuenta de lo que había sucedido y días para que recibiera una lista de las personas de su empresa que estaban muertas. Luego le llegaron los susurros, que lo siguieron, y ahí han estado por más de una década y media:

Si hubieras estado ahí, podrías haber salvado a algunos. En vez de eso, te quedaste en casa durmiendo. Borracho inútil. Esa gente contaba contigo y los defraudaste.

Abre más la puerta y se prepara para brindarle refuerzos a esa policía solitaria que está en la casa de al lado.

Esta vez está listo.

Si algo pasa —y algo en su interior desea que así sea— no será un fracaso por segunda vez.

En cierto modo, necesita que salieran mal las cosas, para mostrar que es capaz.

Saca el revólver de entre la frazada y lo sostiene.

CAPÍTULO 17

LA OFICIAL DE POLICÍA KAREN GLYNN del condado de Nassau desearía que terminara su turno para irse a casa y hacer lo que realmente quiere: estudiar más para solicitar su admisión al departamento de policía de Nueva York. No tiene nada en contra del condado de Nassau ni contra este aburrido suburbio de Levittown, pero quiere hacer algo serio como policía, no sólo rastrear bicicletas robadas o hacer reportes sobre buzones vandalizados.

Lleva su patrulla blanca con franjas azules frente a la pequeña casa azul, la casa en la que supuestamente habita un hombre que podría tener un arma de fuego, y probablemente no tiene permiso para portar armas.

La llamada más importante de la semana, piensa, mientras se comunica con la operadora para avisar que ya llegó. Abre la puerta de la patrulla y camina hacia el frente de la casa.

Está limpia y ordenada como las demás de las casas de esta calle, como prácticamente todas las casas del condado de Nassau, y toca el timbre una vez, dos veces, y da un paso atrás cuando se abre la puerta.

—¿Sí? —pregunta el hombre que abre la puerta—. ¿Le puedo ayudar, oficial?

Karen da un paso atrás una vez más, mientras examina al tipo corpulento, y entra en alerta total. Aunque está bien vestido y tiene las manos vacías, son esos ojos...

—Ah, sí —dice—. Oficial Glynn, policía del condado de Nassau. Estoy investigando una... queja.

—¿Qué tipo de queja, oficial?

—¿Me podría mostrar su identificación, por favor? —dice ella.

Pasan uno o dos segundos y se sienten como una hora. Él sonríe.

—Por supuesto.

Su mano derecha baja lentamente al bolsillo. Ella siente seca la garganta, automáticamente coloca su mano en la funda de la pistola, mientras él saca su cartera, de la que extrae una licencia de conducir.

—Aquí tiene —dice—. ¿Con esto está bien?

Ella toma la licencia, la mira de forma muy veloz (Karen no quiere perder de vista a este gigantón), y se la devuelve.

—Gracias, señor Tyler. Veo que su licencia es de Virginia. ¿Le puedo preguntar por qué está aquí en Levittown?

—De visita —dice él, con voz serena.

—Ya veo —dice ella—. Pues el departamento recibió información de que lo han visto salir del sitio con un arma oculta. ¿Es cierto?

—¿Información de quién?

—¿Es cierto? ¿Lleva un arma oculta?

Un titubeo, luego el más ligero movimiento de la cabeza.

—Es cierto.

—¿Tiene un permiso para portar armas, señor Tyler?

—Lo tengo.

—¿Lo puedo ver, por favor?

Transcurre otro segundo que parece durar más y más tiempo.

Él la mira.

—Sí —dice—. También lo tengo aquí en la cartera.

Saca otra tarjeta de plástico y se la entrega, tiene su foto y fue emitida en el condado de Nassau.

Karen le da un vistazo y se la devuelve.

Todo está en orden.

Y aun así...

¿Por qué le late tanto el corazón?

—¿Me permite pasar? —pregunta ella.

—¿Por qué?

—Me gustaría dar un vistazo.

Una sonrisa ligera que parece tan peligrosa como los dientes pelados de un pastor alemán que intenta lanzarse y lo retiene sólo una cuerda delgada y deshilachada.

—Me parece que no.

—¿Por qué no?

—Porque no.

Karen ya está convencida de que, aunque este tipo tiene todos los permisos y las identificaciones necesarias, definitivamente oculta algo extraño, y ella empieza a sospechar...

—¿Aquí es cuando usted me dice que entrará ahora, o que

irá con un juez para conseguir una orden de cateo por algún tipo de actividad ilícita, cierto? —dice él.

—Yo, eh...

Jason dice:

—Quizás esto le ayude.

Vuelve a guardar la cartera y dentro de otro bolsillo de su pantalón, saca un sobre tamaño legal, doblado a la mitad, del cual extrae una gruesa hoja blanca de papel, que Karen sostiene, lee y relee.

Ella asiente con la boca todavía muy, muy seca.

Le devuelve el papel.

—Gracias... yo... eh... me voy. Gracias por su cooperación.

—Con todo gusto, oficial Glynn —dice él, y cierra la puerta suavemente frente a ella.

Karen se da la vuelta y vuelve a su patrulla, repasando lo que acaba de suceder: una carta firmada tanto por el gobernador como el presidente, que pide al lector de dicha carta que le ofrezca todas las cortesías y consideraciones a su portador, un tal Jason Tyler de Arlington, Virginia.

Quién sabe qué demonios está pasando aquí, pero no le pagan ni remotamente por averiguarlo, y no quiere tener nada que ver.

Se detiene frente a la patrulla y un anciano se le acerca, gritando.

¡Por los clavos de Cristo!, piensa ella, *este día está cada vez más loco.*

CAPÍTULO 18

RONALD TEMPLE AGUARDA y observa... aguarda y observa...

La oficial de la policía se dirige de regreso a su patrulla.

Sola.

¿No está pidiendo refuerzos? ¿No está arrastrando a ese tipo corpulento esposado hasta la patrulla?

¡Increíble!

Suelta la cobija y deja el revólver en el piso, agarra la manija de su tanque de oxígeno, y sale por la puerta.

Con el ruido del tanque de oxígeno detrás de él, cruza el prado mientras observa a la oficial llegar a su patrulla.

—¡Oiga! —le llama, avergonzado de lo débil que suena su voz—. ¡Oiga! ¡Oficial! ¡Aquí!

Ella abre la puerta de su patrulla, titubea por un momento.

Lo suficiente.

—Oiga.... ¿qué está pasando aquí? —dice, deteniéndose con un suspiro, con el tanque junto a él—. ¿Por qué se va tan pronto?

La oficial de policía es fría, amable y poco cooperadora, y Ronald recuerda las ocasiones en las que él se comportó de la misma manera cuando trabajaba en la policía.

—¿Es usted la persona que levantó la queja? —pregunta ella.

—Sí, lo hice —su respiración es trabajosa, como si estuviera por estallar una tos explosiva de sus pulmones.

—No hay fundamento.

—¿Qué?

—Señor, la queja no tiene fundamento.

Él camina hasta ella, se detiene mientras olvida su tanque de oxígeno rodante. Se le resbalan los tubos de la nariz y el tanque se cae a un lado.

—¿Qué quiere decir sin fundamento? ¡Yo lo vi! Oiga, fui policía por más de veinte años en Manhattan, y sé de qué rayos estoy hablando.

La oficial vuelve a sacudir la cabeza.

—Señor, no hay fundamento... y, si me disculpa, tengo que vigilar la zona otra vez.

Y es todo. La policía sube de nuevo a la patrulla. Enciende el motor de inmediato y en unos cuantos segundos el coche gira a la izquierda y desaparece.

Ronald está solo en la calle vacía.

Pero ahora percibe algo.

Se mueve poco a poco, respirando penosamente, tratando de alcanzar sus tubos de oxígeno en el pasto, con el tanque caído a un lado.

Ahí.

El hombre corpulento de la casa... está en la puerta.

Está abierta.

Está mirando directamente a Ronald.

Justo a él.

Así que ahora sabe quién hizo la llamada.

Quién le contó a la policía todo.

Una mirada callada, inmóvil, inflexible.

Ronald siente ese antiguo temor de estar solo afuera en la calle, sin pareja, sin refuerzos. De repente desearía que la poco cooperadora oficial del condado de Nassau estuviera ahí todavía, con su patrulla y su radio.

Había pasado mucho tiempo desde la última vez que Ronald sintió tanto miedo.

CAPÍTULO 19

TERESA SANDERSON ESTÁ SENTADA en el piso del baño, intentando no temblar del miedo. Lance está junto a ella, y la abraza. Sus hijos están acurrucados en la tina, envueltos con una pesada y abultada manta antibalas negra. Jason se movió rápidamente y colocó a Sandy y luego a su hermano en la tina y después puso la manta. Hay otra manta antibalas pegada a la puerta del baño, que está cerrado con llave.

El baño es un asco: azulejos mugrientos, una tina sucia, un grifo que gotea sobre un viejo lavabo de porcelana y un inodoro que cada tanto se desagua, normalmente a las tres de la mañana. Sobre el inodoro hay una ventana pequeña, tan sucia que no se puede ver hacia afuera. Hay un estante hecho a mano que sostiene algunos artículos de limpieza, la mayoría de la edad de Sam.

Lance nota que Teresa hace una inspección del inmundo baño y se apoya suavemente contra ella.

—¿Mi amor? —pregunta.

—¿Sí?

—Me encanta como decoraste el lugar.

La sonrisa de su esposo la llena de ánimo y ella se apoya en él también.

Aun así...

¡Por todos los santos! ¿Cómo es que terminó ahí, en peligro, con sus hijos y su esposo? ¿Qué fuerzas y coincidencias conspiraron para hacerle esto a ella y a su familia?

El riesgo.

Siempre fue una cuestión de riesgo, pero mucho antes, cuando Sam y Sandy apenas empezaban a caminar, ella quería acompañar a Lance mientras él hurgaba en el pasado, develando los secretos de Cartago y de su enemigo eterno, Roma. Todo había funcionado bien desde el principio. Ella pasaba tiempo de calidad con su marido, y sus hijos crecieron sabiendo que había mucho más en el mundo que el patio de la escuela y los juegos de la computadora.

Ella se esfuerza por escuchar lo que está pasando al otro lado de la puerta. Un murmullo de voces, es todo.

¿Y ahora?

Ahora lamenta todo y, aunque odia admitirlo, se arrepiente de confiar en Lance. Es un marido fuerte, inteligente, divertido y leal, bueno en la cama y cuidadoso con los niños. Pero a veces... a veces se queda atrapado en el pasado, pensando en las batallas que involucraron a Cartago y Roma en vez de levantar la cabeza y ver las batallas que ocurren a su alrededor.

Ella se inclina y sigue escuchando.

Porque esta batalla la alcanzó a ella y a su familia.

Piensa en su tiempo en Túnez y la inunda un sentimiento

de culpa, mientras recuerda algo que ha estado ocultándoles a Lance y a Jason y a las demás personas del gobierno con las que se han encontrado desde su abrupta partida.

Algo que ocurrió ese día en la ciudad más cercana, Bizerta, cuando estaba tomando fotos en el mercado.

Tres hombres de aspecto rudo estaban sentados en la mesa de una cafetería, bebiendo café, y a ella le encantó la manera en que la luz se colaba entre los tapices colgantes. Tomó la foto, y los hombres —repentina y aterradoramente enojados— saltaron de la mesa como si fueran uno solo y la persiguieron entre las multitudes.

¿Quiénes eran? ¿Por qué no querían que les tomaran fotos?

Teresa lo sabe… aunque tiene demasiado miedo de admitirlo, incluso ahora.

Nunca le dijo a Lance nada de lo que había pasado. Había planeado contárselo al día siguiente, pero al siguiente día…

Un golpe a la puerta del baño la hizo saltar.

—Familia Sanderson —es la voz de Jason—. Familia Sanderson, estamos fuera de peligro.

Ella se zafa de los brazos de Lance y se levanta. Lance le quita la llave a la puerta del baño. Teresa se acerca a la tina y retira la pesada manta antibalas, y se le rompe el corazón cuando ve a sus hijos asustados y acurrucados en el fondo de la tina.

Jason entra, pasa junto a Lance y ayuda a Sam y luego a Sandy a salir.

—¿Están bien, niños? —pregunta.

—Necesito volver a mis lecturas —anuncia Sandy—. Ya desperdicié nueve minutos aquí.

—Se tiró pedos. Y no quiere disculparse —dice Sam.

Sam sale disparado y su hermana mayor lo sigue, y Jason dice:

—Todo despejado.

Lance asiente satisfecho, pero Teresa no puede soportarlo.

—¿Todo despejado? Por ahora... pero, ¿por cuánto tiempo? ¿Estaremos seguros algún día? ¿Volveremos a estar tranquilos?

Los dos hombres desvían la mirada y no dicen nada.

Y ella desearía ser lo suficientemente valiente como para decirles lo que está pensando: *todo esto es culpa suya.*

CAPÍTULO 20

A DOS CUADRAS DE LA CALLE PERRY, en el centro de Trenton, Nueva Jersey, Gray Evans le pone llave a su coche frente a un edificio de ladrillos de tres pisos que tiene todas las ventanas y puertas clausuradas con tablas, uno de seis inmuebles de esta calle inmunda, con los faroles rotos, las banquetas agrietadas de las que brotan hierbas que crecen hasta la altura de las rodillas.

Gray mira la calle de un lado al otro. Un perro flaco y negro sale trotando del otro lado y desaparece en un callejón angosto. Gray respira profundamente, reconoce los aromas que, con los años ha percibido en distintas partes del mundo: en lugares en los que la gente y el gobierno ya se dieron por vencidos. Agua contaminada de plomo, basura sin recolectar, edificios que se caen a pedazos. Todas las señales de una civilización que se desmorona.

Camina por una cuadra y dobla a la derecha. Otra serie de edificios de ladrillo de tres pisos, pero el que está hacia el fondo tiene las luces encendidas, es una tienda de abarrotes. Al otro lado de la calle hay dos bares y algunos hombres entran y otros salen a tumbos con el brío de la bebida. Gritos, música, y alaridos circundan la noche.

En el centro de la calle hay una puerta metálica con bisagras reforzadas y un candado con teclado de seguridad. Gray teclea ocho números que sabe de memoria, gira la perilla y entra a otro mundo. El suelo está cubierto de azulejos limpios y todas las luces están prendidas. Hay un elevador angosto frente a él, también con teclado de seguridad. Teclea otra serie de números y la puerta se abre, entra, y el elevador lo sube lentamente al tercer piso.

Al abrirse, las puertas revelan una galería amplia con luces empotradas. Frente a él hay un grupo de cómodos muebles de piel, una cocina con electrodomésticos de acero inoxidable y una amplia zona de trabajo que consta de una mesa de conferencias, cuatro monitores grandes, un servidor con luces que parpadean y dos estaciones de trabajo computarizadas.

Un hombre recargado en un bastón se acerca a él, sonriendo, y extendiendo su mando derecha.

—Gray. Puntual, como siempre.

—Es lo mío, Abraham.

—Pasa.

Abraham lo conduce a la mesa de conferencias. Viste unos mocasines de piel, pantalón color caqui y una camiseta de los Yankees. Tiene treinta y pocos años, usa el cabello corto, una barba de candado y aretes de oro en cada oreja.

Se sienta y Gray se coloca frente a él. Abraham pregunta:

—¿Algo de tomar?

— Ahora no, gracias —dice Gray.

—Como quieras —dice Abraham, sentado sin moverse con el bastón todavía en la mano izquierda—. ¿Qué necesitas?

Gray dice:

—Busco a la familia Sanderson. Marido y mujer, Lance y Teresa, con dos hijos preadolescentes, Sandy y Sam. De Palo Alto. El marido es profesor de Stanford, la esposa es escritora independiente, ha publicado dos guías de viaje. Hace un par de semanas estaban en Túnez. Ahora creo que están en Levittown.

—De Túnez a Levittown. ¡Qué decepción! —dice Abraham.

—Supongo.

—¿Quieres que los encuentre?

—Sí, urgentemente —dice Gray.

—¿La tarifa de siempre?

—Más diez por ciento —dice Gray—. Tus habilidades... considero que merecen una compensación.

—Qué gusto oírlo.

—Además, tengo prisa.

—¿Tú, o tu cliente?

—¿Qué diferencia hay?

Abraham mira el techo alto, donde está suspendido un reloj digital rojo.

—Digamos... veinticuatro horas.

—Perfecto.

Gray se levanta y se va caminando.

Nunca le han gustado las despedidas largas.

***

De vuelta en su coche —Gray siempre contrata el seguro adicional, justo por los viajes como éste— se topa con dos jóvenes de la zona sentados en el cofre. Están vestidos con pantalones holgados y se les ve la ropa interior, con muchas cadenas de oro —o *bling bling*, nunca sabe cuál es la jerga de moda— y gorras de beisbol que llevan puestas de lado.

—¡Hey! —dice uno de ellos, sin moverse—. ¡Linda nave!

—Qué bueno que te gusta —dice él—. Es rentada.

El otro joven dice:

—Rentada o no, nos debes la tarifa de estacionamiento.

—¿Ah, sí? —dice Gray, dando un paso hacia ellos—. Qué chistoso, no vi ningún letrero.

El primero dice:

—Es obvio, hermano. Este lugar y todo... es obvio. Cuidamos tu nave, no le pasó nada, nos lo compensas.

Gray dice:

—Aprecio la preocupación, amigos, pero con todo respeto, no.

El primero se baja del coche.

—Mala jugada, hermano. No aceptaremos un *no* como respuesta.

Gray mira a ambos y dice:

—Está bien, hagamos un trato. Díganme qué pasó aquí en diciembre de 1776 y los dejaré ir.

El segundo se ríe.

—¿Nos dejarás ir?

Los dos avanzan hacia él. El primero dice.

—¿Quién diablos crees que eres?

Gray espera hasta el último momento, relajado. A menos que estos dos estén bien entrenados, sean excepcionales y sepan cómo trabajar en equipo, son bastante vulnerables.

Pero todavía no lo saben.

Gira y le da una patada a la rodilla derecha uno de ellos, haciéndolo dar un grito y caer al suelo. Su amigo intenta huir, pero Gray sujeta el elástico de la ropa interior, y le da un jalón hacia atrás que lo hace caer contra el cofre de su coche.

Los dos jóvenes están en el suelo, gimiendo . Gray se inclina sobre ellos y les dice:

—Les diré quién soy. Soy el tipo que sabe que Washington y sus tropas lograron la revolución aquí en Trenton, para beneficio de ustedes, par de inútiles.

Los chicos sollozan atemorizados, y Gray se acerca más y les dice:

—¿Chicos?

Ninguno de los dos intenta hablar. Gray dice:

—Chicos... de veras me tengo que ir. ¿Les molesta quitarse del camino?

Y en segundos los jóvenes se levantan y se escabullen.

Gray sube a su coche y se va.

Ya tuvo una jornada completa.

CAPÍTULO 21

DESPUÉS DE UN VIAJE de tres horas hacia el norte desde Levittown, Leonard Brooks, policía estatal de Nueva York, llegó a Latham —justo al norte de Albany, Nueva York— y estacionó la patrulla en el edificio de oficinas del Centro de Inteligencia de Nueva York. Como llamó antes, lo reciben más amistosamente que en el condado de Nassau, y lo acompañan rápidamente a una oficina de aspecto sencillo, donde se reúne con Beth Draper, una analista de inteligencia de la policía estatal.

Ella se levanta de su escritorio, cubierto de pilas de formularios y carpetas, para darle un abrazo y un beso en la mejilla.

—Brooksie, qué gusto verte otra vez.

—¡Igualmente!

Sintiéndose acogido, y pensando "oh, sí, una recepción mucho más linda que la de Levittown", toma asiento. Él y Beth fueron novios durante un año, después de que ambos se graduaron de la Academia de policía de Nueva York en Albany.

Ella entró al servicio de inteligencia y él salió a patrullar. Se veían cada tanto y ahora eran menos que amantes y más que amigos.

Beth se sienta y pasa sus manos por el largo cabello rubio. Lleva puesta una simple camisa blanca y un pantalón negro que no logra esconder sus bellas curvas.

—Bueno, ya pasó mi hora de salida. Dime qué necesitas.

Él pasa los siguientes minutos explicando la búsqueda de su prima, la falta de respuesta de las autoridades de Palo Alto y Levittown, y cómo los mensajes al teléfono de la casa, al móvil y al correo electrónico de Teresa han quedado sin respuesta.

—¡Demonios! —dice ella—. No me gusta cómo suena eso.

—A mí tampoco.

—¿Y qué piensas? —pregunta—. ¿Tiene enemigos? ¿Su marido?

—Ella es escritora independiente. Él es arqueólogo. No son el tipo de personas que tienen enemigos.

—Te sorprendería. ¿Dices que estuvieron en el norte de África recientemente?

—En Túnez.

—¿Toda la familia?

—Teresa es... una de esas hippies. Quiere mostrarles el mundo a sus hijos. Y su esposo... es un experto en Cartago.

—¿En qué?

—Cartago. El principal imperio rival de Roma. Has oído hablar de Roma, ¿verdad?

Ella sonríe, una perfecta sonrisa de dientes blancos que a él todavía lo conmueve.

—Claro. Roma. Como a noventa minutos. Donde comenzó el Canal de Erie. Por favor deja de fastidiarme, Brooksie.

—Ya terminé de fastidiarte.

Beth suspira, garabatea unas cuantas cosas en un trozo de papel.

—Haré lo que pueda, empezaré a husmear por ahí... pero deberías prepararte.

Él siente las manos frías, como si de repente estuviera cerca de un bloque de hielo.

—¿Qué quieres decir?

—Lo que en el fondo ya sabes —dice Beth, sin dejar de escribir—. Una llamada que se corta inesperadamente. Ninguna información de las autoridades. Los amigos y parientes no saben nada. El teléfono móvil y correo electrónico sin contestar.

Levanta la mirada, con una expresión solemne en el rostro.

—¿Recuerdas a la familia Petrov, hace dos años? ¿Escapaban de la mafia rusa? ¿Se escondieron?

Leonard tiene una sensación de mucho más frío.

—Sí.

Beth dice:

—Sólo fue necesario un desliz... una postal a un pariente diciendo que todo estaba bien. Y eso fue todo —Beth hace una pausa—. Me contaron que cuando el FBI finalmente despejó la casa, tuvieron que derribarla. Porque no pudieron quitar todas las manchas de sangre de las paredes y pisos.

CAPÍTULO 22

SAM SANDERSON ABRE LA PUERTA de su habitación, revisa el pasillo. Todo en silencio. Las luces apagadas. Por supuesto que todo está en silencio... ¡esta porquería de lugar no tiene ni televisión!

Cierra la puerta y se deja caer sobre su cama destendida. Tiene libros, sus modelos de dinosaurios... y está aburrido.

¡Dios, está muy aburrido!

¡Sin televisión!

¡Y no hay internet!

¡Ah, mamá tiene una computadora portátil!, pero desactivaron cualquier tipo de conexión inalámbrica y eso quiere decir que no puede acceder a internet.

Así que Sam no puede investigar qué nuevos dinosauros quiere, no puede revisar los foros en los que le gusta curioscar y no puede enviar un correo electrónico... varios de sus amigos de California se deben de estar preguntando por qué no les ha respondido.

Estupendo. Cuando finalmente vuelva a Palo Alto, sus amigos pensarán que es un engreído que no contestó sus correos electrónicos.

Además... busca en el bolsillo de los jeans y saca un trozo de metal y plástico, lo rueda entre los dedos. Esto es algo que recogió en ese lugar desértico, algo que no le ha mostrado a su papá. No era un trozo de vasijas rotas, eso sí... se veía demasiado nuevo. ¿Entonces qué era?

Lo vuelve a guardar en su bolsillo. Si tuviera una computadora que de verdad funcionara, podría descubrirlo...

Sam salta de la cama, abre la puerta una vez más. Todavía está oscuro, todavía está callado. Se pregunta dónde está escondido Jason. Desde que se fueron de Túnez, ese espeluznante maleante ha estado todo el tiempo con ellos, día tras día. Sam sabe que algo malo ocurrió en Túnez, ¿pero por qué él debe pagar los platos rotos?

No puede ir solo a ninguna parte, no puede jugar en el patio y no hay computadora...

Hombre, ¡qué fastidio!

Cierra la puerta y trata de volver de puntitas hasta su cama.

Aburrido o no, tiene un plan.

Esta porquería de casa tiene una casa a la izquierda y otra a la derecha. En la de la izquierda vive un viejo entrometido que se la pasa viéndolos a través de los binoculares. Pero la otra casa... ahí viven un tipo y su chica, y lo curioso es que ambos trabajan de noche.

Lo que significa que, justo ahora, su casa está vacía.

Puede ver la vivienda desde la ventana de su habitación.

Y sabe que tienen computadora... porque los ha visto trabajando en ella en la sala.

Además Sam sabe otra cosa.

El otro día ambos volvieron de algún encargo, y vio que la mujer buscaba y buscaba en su bolsa, luego el tipo se rio de ella y quitó un ladrillo de los escalones, sacó una llave y abrió la puerta principal.

Así que esa casa está vacía.

La casa que tiene una computadora.

Y él sabe dónde está escondida la llave de la puerta.

Sam va a la ventana, abre el pestillo y desliza la ventana, luego el mosquitero. Hace un chirrido.

Espera.

Y espera.

No parece que lo haya oído nadie.

¡Bien!

Salta y pisa el pasto y luego camina hacia la casa vacía.

Si tiene mucha, mucha suerte, estará en la computadora en unos cuantos minutos, y nadie lo sabrá jamás.

CAPÍTULO 23

LANCE SANDERSON DA VUELTAS en la cama y Teresa está profundamente dormida junto a él.

Admira a su esposa de tantas maneras, incluyendo que se puede quedar dormida al instante. Puede estar leyendo una revista o un libro y de repente cierra su material de lectura, le da un beso rápido a Lance y dice: "Buenas noches, mi amor. Ya me voy a dormir", y en menos de un minuto, está profundamente dormida. ¡Ah, qué ganas de tener ese poder!

Se queda mirando el techo. Le vuelven los recuerdos, el último día en Túnez, cuando todo salió mal.

***

El lugar de excavación tiene tres años de haberse establecido y está a unos cincuenta kilómetros de las famosas ruinas de Cartago, que están ubicadas cerca de la capital del país. Es una región remota de un desierto, en la cual Lance, sus alumnos de posgrado, y algunos trabajadores de la zona, escavaban en un terreno que pudo haber pertenecido a un prominente oficial cartaginense, antes de que los romanos saquearan la ciudad en 146 a.C.

Este día, el sol estaba muy brillante. Sus dos alumnos de posgrado de Stanford, jóvenes que todavía tienen el vigor y entusiasmo que él recuerda de sus días universitarios, salieron a hacer algunos menesteres a Bizerta, la cercana ciudad portuaria. Teresa y Sam estaban debajo de una ondulante lona, catalogando y fotografiando algunos artefactos —monedas, cerámica, vasijas y utensilios de cocina— que él y su equipo recuperaron. Teresa estuvo callada toda la mañana; sólo le dijo que tenía algo que discutir con él más tarde en el descanso matutino. La pobre dulzura probablemente sigue molesta por el hedor que brota de los baños compartidos.

¿Y Sandy? Lance sonríe para sí. Sandy es Sandy, sentada en un rincón en una silla plegable de campamento, leyendo y leyendo, ignorando lo que la rodea, apenas moviéndose para encontrar algo nuevo para leer.

El ambiente ya es familiar para Lance tras años de trabajo, excavación y catalogación: agujeros cuadrados explorados con cuidado, redes de cuadrículas montadas con hilos y cinta blanca. Algunos de los trabajadores se inclinan sobre el terreno mientras Karim, el alegre supervisor del sitio, observa todo. Un par de milicianos aburridos están sentados con sus AK-47 bajo sus pequeñas tiendas de campaña y sorben té todo el día.

Hubo un altercado menor hace un rato por el tema de los

sueldos, pero eso lo arreglaron pronto por medio de la práctica económica más común del norte de África: el regateo.

Lance tomó un trago de agua de su cantimplora y caminó hacia el sitio de excavación para ver cómo va la zona más reciente de excavación. Encontraron una pared hace dos días.

Y luego mira hacia la tienda de campaña y...

Sam y Teresa están inclinados sobre una larga mesa de madera y los dos examinan un trozo de cerámica que podría o no ser de Grecia, y...

¿Dónde está Sandy?

¿Dónde está su hijita?

Gira la cabeza rápidamente. La excavación es principalmente plana, con la excepción de unas colinas a unos cien metros. Un camino de tierra que va hacia las tiendas de campaña y luego hasta una carretera mal pavimentada que lleva a la carretera federal, y...

Si Sandy está en cualquier lugar cercano, debería de verla de inmediato.

Pero está desaparecida.

—¡Sandy! —grita.

Corre hacia la tienda de campaña mientras Teresa levanta la mirada, con el rostro paralizado de temor.

—¡Sandy!

Y un grito lo sobresalta.

Está en Levittown.

Teresa está de pie junto a él.

Los gritos siguen y siguen.

Teresa salta de la cama y dice:

—¡Ay, Dios!, ¡es Sandy!

Lance sale corriendo de la habitación, justo detrás de su esposa.

CAPÍTULO 24

SAM SANDERSON SE SIENTE COMO UN NINJA o un agente secreto, escabulléndose por el jardín lateral y llegando a la otra casa. El pasto está mojado por el rocío de la noche mientras él trepa hasta la puerta delantera. Es fácil verla, por los faroles y las luces de las otras casas en este tedioso lugar.

Sube por los escalones, jala uno de los ladrillos, luego otro y sí, ¡el tercer ladrillo es el correcto! Éste se suelta y él mete la mano y saca una llave atada a un pequeño trozo de hilo.

Ahí está.

Se acerca a la puerta, mira alrededor, abre la portezuela antitormentas, mete la llave en el cerrojo, y...

Sí.

¡Ya entró!

Da un paso adentro, intentando hacerlo calladamente, y recuerda cerrar la puerta detrás de él. Por un minuto se siente asustado, culpable, pero se le pasa. Los vecinos no están, todo está callado en la otra casa; sólo quiere entrar para conectarse un rato.

Sam entra a un lugar que huele a nuevo y limpio, a diferencia del desastre en el que viven ellos. No le molesta acampar, como lo hacían en Túnez, pero ese lugar de allá... ¡uf!

Pasa por una cocina amplia y limpia, y ahí, sobre una mesa en un pequeño recoveco, hay una computadora portátil conectada a una pantalla grande. Están encendidas un par de luces nocturnas, así como la luz sobre la estufa, lo que significa que se puede avanzar bien.

Se sienta en la silla grande, se desliza hacia delante y sonríe. La computadora es una MacBook Pro. Justo como la que tiene en casa, en California. ¡Genial!

Sam la enciende y la pantalla se prende con un destello, luego aparece el escritorio y, junto con todo lo demás, está un pequeño ícono para abrir el navegador.

Da un doble clic ahí y aparece Google. Quizá debería investigar qué es ese trozo de metal y plástico que tiene en el bolsillo pero no, eso será después. Accede a su cuenta de e-mail, inicia la sesión y...

¡Lo logró!

Mira eso.

Ya entró.

Guau.

Ha pasado mucho, mucho tiempo...

Empieza a teclear, a responder un correo y luego otro; hay uno de su mejor amigo, Toby, a quien le escribe: "Toby, no vas a creer lo que está pasando, ha estado de miedo, y lo creas o no volé por primera vez en helicóptero y..."

Sam deja de teclear.

Siente que está pasando algo extraño.

¿Fue un ruido allá afuera?

¿O una luz?

Termina de escribir el correo, lo manda, apaga la computadora y camina rumbo a la puerta de la casa.

¡Rayos!, quería pasar al menos una hora ahí, pero ahora...

Ahora tiene miedo.

Teme que lo atrapen.

¿Y qué tal si el hombre o la mujer que viven ahí regresan... qué tal si uno de ellos se enfermó?

¿Qué tal si acaban de regresar y él sigue adentro?

¿Cómo podría explicar eso?

Sam se detiene en la puerta, se asoma hacia afuera.

La entrada para autos sigue vacía.

Bien.

Tal vez...

Bueno, podría volver. Simplemente se asustó. Es todo.

¡Qué gallina!

Pero aun así...

Quizá pueda volver mañana en la noche, ahora que ya lo hizo una vez.

Da un paso afuera, cierra la puerta con llave, la vuelve a guardar bajo el ladrillo suelto y otra vez, como ninja o agente secreto, cruza corriendo el césped, de vuelta a donde se supone que debe estar.

Una sombra se acerca, él grita y de repente lo tiran al suelo.

CAPÍTULO 25

HAY UNA CARRERA afuera de las habitaciones, por el pasillo. Teresa se abalanza hacia la habitación de Sandy, que está parada al pie de la cama, gritando, lleva puesto un camisón largo de Winnie Pooh y los pies descalzos. Teresa alza en brazos a su hija y Lance dice:

—¿Qué pasa? ¿Qué te sucede? ¿Tuviste una pesadilla?

Su esposa le besa la frente, le acaricia el cabello a Sandy, y dice:

Todo está bien, cariño. ¿Fue una pesadilla? ¿Tuviste un mal sueño?

Sandy se suelta de los brazos de su mamá. Está tan agitada que casi se hiperventila, y dice:

—¡Un maleante atrapó a Sam! ¡Atrapó a Sam! ¡Atrapó a Sam!

Lance sale de la habitación de Sandy y abre la puerta de la recámara de Sam.

Está vacío.

—¡Sam! —grita—. ¡Sam!

La ventana está abierta. Lance da varios pasos hacia delante, recarga las manos en el alféizar de la ventana, asoma la cabeza hacia afuera:

—¿Sam, estás ahí?

Teresa entra, sujetando a Sandy por los hombros. La niña ya dejó de gritar. Tiene el rostro encendido y tenso.

—¿Dónde está Sam?, ¿está aquí?

—No.

Lance sale de la habitación de Sam, entra a la cocina, a la pequeña sala y...

nada de Sam.

—¡Sam!

Revisa el baño.

Vacío.

Teresa se acerca, todavía sujetando a Sandy.

—¿Dónde está?

—No lo sé.

—Y... ¿dónde está Jason?

Lance está atónito. Por todos los santos, ¿cómo no se dio cuenta de eso?

—¡Jason! ¿Dónde estás?

Los ojos de Teresa se llenan de lágrimas.

—Lance... ¿qué está pasando? ¿Dónde están?

Un fuerte ruido los sobresalta a todos, y Lance da un paso atrás mientras se abre de golpe la puerta trasera de la casita. Jason entra dando grandes pasos, con el rostro encrespado de furia, arrastrando al joven Sam por el cuello de la camiseta.

CAPÍTULO 26

GRAY EVANS ESTÁ POSTRADO en una cama de hotel; relajado, cómodo, acompañado de una mujer llamada Vanessa que descansa junto a él, mirándolo mientras le traza círculos en el pecho con las uñas bien cuidadas.

—¿Estás bien? —le pregunta ella.

—Perfecto.

—¿Te interesa algo más?

—¿Cuánto tiempo me queda?

Ella se incorpora y revela una impresionante serie de curvas, se quita del rostro un mechón de cabello pelirrojo y revisa el radio despertador.

—Otros quince minutos. Si quieres.

Se vuelve a recostar, y Gray recuerda ese chiste tan, tan viejo: no le pagas a una prostituta para que se quede; le pagas para que se vaya cuando termines.

Aun así... era agradable tener un poco de compañía femenina durante un rato, refrescar y recargar las baterías antes de retomar su trabajo.

Su iPhone empieza a sonar.

Vanessa dice:

—¿Quieres que lo conteste?

Gray le ofrece su mejor sonrisa.

—¿Quieres que te rompa los dedos?

Él se rueda en la cama, toma su iPhone, va al baño. La mira y le dice:

—Quédate en la cama, ¿está bien? Te pago para que hagas lo que yo quiera... y quiero que te quedes ahí.

Ella se estira, sonríe y no dice una sola palabra.

En el baño abre el grifo para ocultar su voz, contesta el teléfono, es Abraham, su investigador.

—Obtuve un resultado hace unos diez minutos.

—¡Fantástico! —dice Gray—. Cuéntame más.

Abraham suelta una carcajada.

—¿Por teléfono? ¿En serio? Ya lo creo.

—Bueno, voy para allá ahora mismo.

—Por favor... vuelve a la cama —dice Abraham—. Ven mañana después de las nueve de la mañana y te doy la información.

—¿Sólida?

—Como una roca.

Gray dice.

—¿Por qué no ahora?

Abraham vuelve a soltar una carcajada.

—No me reúno con clientes de noche. Eso lo sabes.

—Está bien. Te veo mañana a las 9:01.

—Es una cita.

Gray oye que se corta la llamada y dice en la línea muerta:

—Ah, una última cosa. ¿Me puedes decir dónde obtuviste el resultado?

Ninguna respuesta, por supuesto, pero se mueve a la puerta del baño y la abre de golpe. Sobresalta a Vanessa, quien ha estado parada justo ahí, envuelta en una bata de baño. Sus ojos están muy abiertos y parece una niñita a la que la maestra atrapó haciendo una travesura.

Gray sonríe, pasa junto a ella y va a la puerta de la recámara del hotel.

Se asegura de que esté cerrada con llave.

Vanessa se aleja de él, se sienta en la cama.

—Mira... —comienza a decir ella.

Gray le pone un dedo en los labios, callándola. Enciende la televisión, encuentra una película en HBO y sube el volumen.

—Cariño —le dice las últimas palabras que ella escuchará—. Lo único que te dije fue que te quedaras en la cama.

CAPÍTULO 27

LANCE RECUPERA EL ALIENTO.

—Está bien, ¿qué demonios sucede aquí?

Jason empuja al hijo de Lance —¡a su hijo!— hacia la cocina y dice:

—Yo estaba afuera en posición de vigilancia. Hace aproximadamente catorce minutos, vi a su hijo salir de su habitación por una ventana abierta.

Lance siente que las piernas se le vuelven de roca.

—Sam, ¿eso es cierto?

—Papá, ¡me lastimó! ¡Mi hombro!

Lance dice:

—Sam, ¿saliste a escondidas? ¿Lo hiciste?

Sam está desafiante.

—¡Estoy aburrido! Quería salir. ¿Es un crimen?

—No —dice Lance—. Pero tenemos que... tomar precauciones para mantenernos a salvo.

Teresa abraza a Sandy, cuyo rostro está fresco e impasible. Ella dice:

—Tu padre tiene razón, Sam. Debemos quedarnos juntos, estar seguros.

El rostro de Sam todavía está contraído de rebeldía juvenil, y Jason dice:

—Hay más.

—¿Más? —pregunta Lance—. ¿A qué demonios te refieres?

Jason está tranquilo y circunspecto, como un militar profesional que hace un reporte.

—Señor, después de que su hijo salió de la casa, lo observé entrar a la propiedad de los Barnes.

—¿Quiénes son los Barnes? —dice Teresa.

—La pareja joven que vive en la casa de al lado. No el viejo indecente —responde Lance.

—Papá...

—Prosigue, Jason —dice Lance.

—Vi a su hijo subir por los escalones de entrada a la casa de los Barnes. Por lo visto hay una llave escondida entre los ladrillos. Después de sacar la llave, Sam entró a la casa.

Teresa se cubre la boca con una mano.

—¡Sam!

Lance dice:

—Espera, quieres decir...

Jason prosigue, hablando por encima de Lance.

—Después de que entró a la casa, perdí de vista a su hijo. Pero noté movimiento adentro y vi que se encendía una computadora. Entonces me acerqué a la casa y se apagó la pantalla de la computadora, luego su hijo salió.

La cocina se queda en silencio. Lance se queda mirando a su hijo, quien parpadea y desvía la mirada. Teresa niega con la cabeza sin decir nada. La mirada de Jason se cruza con la de Lance.

—¿Señor?

Sandy habla con su hermano menor.

—Sam, hiciste una travesura. Te dije que dejaras de hacer tonterías.

Y se queda callada.

Lance dice:

—Sam... conoces las reglas. Nosotros... no podemos conectarnos a Internet. Por eso inhabilitamos la computadora de mamá. Es demasiado peligroso.

—No lo hice —dice Sam.

—Pero Jason te vio —responde Teresa.

Sam da un paso hacia ellos y se une a su madre y hermana, y voltea la mirada hacia Jason.

—Sí... estuve ahí... encendí la computadora... y esperé... pero me dio miedo. Me acordé de las reglas. Así que la apagué y salí corriendo.

Lance ve que sucede algo extraño con el rostro de Jason, como si estuviera luchando contra algo que no puede expresar.

—¿Sam? ¿Estás diciendo la verdad? —le dice.

—¡Sí! Ya sabes que sí... puedes confiar en mí... —responde Sam.

El corazón de Lance da un vuelco. Su hijo... contra lo que Jason vio.

¿Qué hacer?

—¿Sam? ¿Te conectaste? ¿Nos pusiste en peligro? —pregunta Lance.

Jason se ve... culpable. Se ve que el hombre experimenta cierta culpa.

—Papá... no lo hice. En serio... —dice Sam.

Pasan unos cuantos minutos más.

—Está bien, confío en ti, Sam. Vamos, hay que llevarte a la cama —dice Lance.

Teresa le da una palmadita en los hombros a Sandy.

—Sí... todos, vamos a la cama. Jason... gracias por mantenernos a salvo. Sam... —le da un jalón en la oreja a su hijo y hace que se retuerza—, lo juro por Dios, si vuelves a hacer algo así, te mato. ¿Entendido?

Una última mirada a Jason. El tipo debería estar contento de que Teresa le hiciera un cumplido, pero no.

No se ve nada contento.

CAPÍTULO 28

A MÁS DE CUATROCIENTOS KILÓMETROS al sudoeste de Levittown, Nueva York, en un edificio de oficinas suburbano lleno de gente, un empleado del gobierno llamado Williams bosteza mientras monitorea las transmisiones de noticias de varias cadenas de cable de todo el mundo. Uno de los secretos a voces de las agencias de inteligencia de Estados Unidos es que obtienen gran parte de su información del mismo modo que todos los demás: de la televisión.

Williams vuelve a bostezar. Le tocó el turno nocturno y lo odia. Quiere hacer una diferencia, quiere combatir el extremismo, y hasta ahora lo único que ha hecho es echar a perder sus horarios del sueño y ver demasiada televisión.

¡Maldita sea, es como si estuviera de nuevo en la universidad!

Sólo que en la universidad su habitación era mejor.

Ésta es cuadrada, funcional, con luces que parpadean por encima y huele a encerrado, como si no hubieran dejado entrar el aire desde que comenzó este nuevo y trastornado milenio, hace más de diez años.

Suena el teléfono y ve que es una línea interna, una que puede acceder desde adentro del edificio.

Lo contesta.

—Aquí Williams.

—Habla Cauchon—. Una voz de mujer—. De Observación interna.

—Diga —dice Williams, levantando una pluma.

—Tenemos una violación del protocolo de internet de un individuo llamado Sanderson, Samuel. Sucedió hace treinta y siete minutos. Está bajo protección encubierta en Levittown, Nueva York. Haga las notificaciones necesarias.

—Entendido —dice Williams.

Va a su teclado, revisa el sistema intranet del departamento, encuentra la orden de protección encubierta para SANDERSON, SAMUEL—¡un niño de diez años!— y toma nota de la persona a la que debe contactar.

A un hombre conocido como "el Gordo"

Consigue una línea externa segura y llama al Gordo a su casa.

No hay respuesta.

Intenta en la oficina del Gordo.

No hay respuesta.

Llama al teléfono móvil personal del Gordo, emitido por el mismo grupo para el que trabaja Williams.

Suena, suena, suena, luego contestan.

La voz es una grabación.

—Ya sabes quién habla. Deja un mensaje. Cambio y fuera.

Williams aclara la voz.

—Señor, habla James Williams, llamando del Departamento G-17. Tenemos una violación al protocolo de internet para... Sanderson, Samuel. Ésta es su notificación oficial.

Cuelga el teléfono, regresa a la sección de protocolos. Si no sabe nada del Gordo en menos de una hora, tiene que enviar a una unidad de la policía federal a la casa del Gordo y hacer la notificación personalmente.

Luego Williams levanta la mirada a los monitores.

CNN, MSNBC y ahora Fox y algunas de las estaciones internacionales de Cable están transmitiendo la misma escena: una nube de humo negro y llamas que surgen de una estación del metro en Londres.

William comienza a hacer otras notificaciones más urgentes.

En pocos minutos, ya olvidó al chico de diez años y al Gordo.

CAPÍTULO 29

LANCE METE A SAM A LA CAMA, cierra la ventana y le pone llave.

—Sam.

—Sí, papá —dice, callado y sumiso.

—Ya sé que estás aburrido. Es fastidioso para todos. Pero tienes que obedecer, incluyendo a Jason. Tienes que hacer lo que te decimos.

—Sí, papá.

Lance va a la puerta y apaga la luz.

—Y esta luz se queda apagada. Hasta que sea hora de levantarse.

—Sí, papá.

—Y mañana... lo siento, pero te quedas en tu habitación.

En la cocina, Jason está preparando una taza de café y se percibe un aura, una sensación de peligro en sus hombros tensos mientras Lance pasa junto a él. Toca a la puerta de la habitación de Sandy y ella dice:

—Adelante —ella está leyendo otro de sus libros y dice—: planeo leer por doce minutos más. Luego apagaré las luces y me iré a dormir.

—Qué bueno saberlo —le dice él—. ¿Estás bien?

Sandy dice:

—Tengo una pregunta, papá.

—Está bien.

Su joven hija dice:

—Cuando salimos de Túnez, nos subimos a un helicóptero, ¿por qué no se estrelló?

Lance está perplejo.

—Lo siento, cariño, no entiendo la pregunta.

Ella dice:

—Entiendo por qué vuelan los aviones. La teoría de la elevación sobre las alas. Eso tiene sentido. Pero no entiendo los helicópteros. No tienen sentido. Deberían estrellarse.

Lance dice:

—Mañana hablamos de eso, ¿te parece? Veré qué puedo encontrar.

—Está bien, papá.

Él cierra la puerta y se queda parado un momento en el pasillo, recordando.

Con Karim a su lado y otros trabajadores locales colocados a su alrededor, él y Teresa corren por el sitio de excavación, buscando frenéticamente a su hija después de ordenarle a Sam que no se mueva de ahí.

Lance sube por las colinas más cercanas al campamento, y Karim dice:

—¡Miren! ¡Miren!

Huellas frescas y pequeñas en la tierra.

Y unos cuantos minutos después, él y Karim encuentran a Sandy, sentada felizmente frente a una pequeña cueva muy bien escondida. Detrás de ella hay cajones de madera y de plástico negro, apilados; y en una esquina de la cueva, uno de los cajones está abierto.

Y revela un cargamento de RPG-7, lanzagranadas y explosivos.

—¿Sandy? —pregunta Lance, adelantándose—. ¿Qué estás haciendo?

—Se me acabaron las lecturas en el campamento —dice ella—. Ahora estoy leyendo.

Hay una caja de metal cerca de ella que contiene revistas, periódicos y libros, todos en árabe o francés. Lance se pone de cuclillas, examina lo que su hija está leyendo: una gruesa pila de papeles, impresos y acomodados en una carpeta negra.

Lance le quita la carpeta de la mano, y su respiración se acelera.

—Cariño, tenemos que irnos.

—Pero no he terminado de leer.

Él agarra a su hija, la levanta. Karim mira tras ellos, a las cajas de armas apiladas y hacia la profundidad de la cueva.

Los ojos de Karim están desorbitados del miedo.

—¡Ay, Lance, esto está mal! Muy, muy mal.

Lance sale de la cueva, cargando a Sandy, y su respiración ahora es fatigosa y áspera.

—¡Oh, sí, muy mal! —dice Lance—. ¡Muy mal!

CAPÍTULO 30

LANCE FINALMENTE ESTÁ EN LA CAMA con Teresa, quien le roza el cuello con la nariz, y él dice:

—Sandy... me pidió que hiciera algo extraño.

—Ah, ¿y qué es? —pregunta ella—. ¿Te pidió que le volvieras a explicar las cuatro leyes de la termodinámica?

Ambos ríen recordando otro momento.

—Me preguntó por qué el helicóptero que nos llevó ese día no se estrelló.

—¿En serio?

—Sí, en serio. Son como las abejas... por mucho tiempo, los científicos no lograban entender cómo volaban los malditos bichitos. Sandy detectó lo mismo en los helicópteros... ¿cómo pueden volar?

Teresa lo vuelve a rozar con la nariz.

—Agradece que ese día hayan podido volar.

Lance se está quedando dormido, cómodo con la sensación de Teresa en los brazos, sabiendo que Sam y Sandy están a salvo, recordando ese último día sombrío en Túnez...

Recuerda que regresó corriendo bajo el sol, con Sandy bien abrazada contra su pecho. Ya de vuelta en el sitio de excavación, Karim grita al teléfono; alaridos y quejas, y los hombres que los cuidaban...

...echan sus AK-47 al suelo, comienzan a correr, se dirigen a las dos únicas camionetas, las arrancan y se van manejando, dejando estelas de polvo que marcan su retirada. Lance se queda boquiabierto. Las camionetas le pertenecen a la universidad de Stanford. ¡Se las acaban de robar!

Karim todavía está gritando en su teléfono celular, su brazo ondea en el aire, como si este movimiento pudiera reforzar la señal telefónica, como si pudiera mandar su mensaje con señas.

Teresa toma a Sandy de los brazos de Lance justo afuera de las tiendas de campaña y dice:

—¿Dónde la encontraste? ¿Está bien?

El pecho de Lance está tenso y le cuesta trabajo recobrar el aliento.

—Sandy está bien. Nosotros... la encontramos... en una cueva, justo detrás de esas colinas.

Teresa agarra a Sandy y la revisa, y grita: —¡Sam! ¡Ven aquí! ¡Ahora mismo!

Lance se da la vuelta rápidamente. Uno por uno, los hombres que estaban trabajando con ellos también se alejan corriendo, dejando caer sus herramientas de mano, sus palas. Sólo Karim sigue ahí, y continua gritando.

—¡Lance! —dice Teresa, frenética—. ¿Qué pasa? ¿Dónde están todos?

Lance jala a Sam a su lado, y él dice:

—Sandy... encontró una cueva. Llena de armas, de bombas, de explosivos. Es un escondite, un arsenal... que probablemente pertenece a unos terroristas...

Teresa mira como loca alrededor del sitio de excavación ya desierto.

—Lance... ¿qué hacemos?, ¿a dónde vamos?

A pesar de este caliente sol tunecino, Lance se siente congelado. Siempre ha contado con la generosidad y amistad de los lugareños que él y la universidad contratan, y siempre se ha convencido de que podía traer a su familia aquí y trabajar en una burbuja de seguridad y protección.

Qué imbécil ha sido.

—¡Karim! —grita—. Karim, ¿qué está pasando?

Karim sigue gritando todavía, y Lance se siente solo, abandonado, incluso con su familia tan cerca.

Y se pregunta... ¿con quién demonios está hablando Karim? ¿En realidad está buscando ayuda? ¿O es otra cosa? ¿Karim está alterado por la disputa sobre el sueldo?

—¡Mira! —grita Teresa.

Señala hacia la ladera de la colina, donde aparecen dos y luego tres hombres vestidos de negro, cargando unas AK-47.

El golpeteo de las balas aturde a Lance, quien tira a su familia hacia el piso, volteando una de las mesas con objetos preciosos recién excavados, escuchando cómo se quiebran y caen al suelo sin que eso le importe un bledo.

Sandy y Sam están acurrucados entre los brazos de Teresa y Lance tiene un recuerdo, de cuando aprendió cómo los romanos saquearon a Cartago y sus territorios colindantes en 146 a.C., y cómo fueron muertos mujeres y niños.

Hay más hombres en la ladera, y algunos vienen corriendo hacia ellos.

—¡Lance! —grita Teresa—. ¡Tenemos que hacer algo!

Nunca en su vida se ha sentido tan inútil, y empieza a debatir consigo mismo: ¿debería pedirle a su familia que huya mientras él y Karim se entregan, o ellos dos deberían llegar hasta las armas abandonadas y resistirse con desesperación o...?

Karim grita triunfal: —¡Mira! ¡Mira!

Lance mira hacia el este. En el sitio de excavación descienden dos helicópteros veloces. Los dos están pintados de café y beige, pero uno parece un helicóptero de transporte, y el otro...

El otro se acerca a la colina, empieza a disparar sus metralletas. Teresa grita, y Sam y Sandy se aprietan las manitas contra las orejas. El helicóptero de transporte baja en picada más allá de las tiendas de campaña y destroza una con el remolino de viento de su rotor, levantando nubes de polvo y tierra, y Karim dice, —¡Vamos, vamos!

Lance empuja, a Teresa y a Sam y a Sandy consigo, sin importarle los artefactos, los registros, sus pertenencias, consciente de que esa máquina con aspas que giran y traquetean frente a ellos es su bote salvavidas, su rescate.

Dos soldados con cascos grandes se inclinan por la puerta lateral y frenéticamente les dan las manos. Karim sube primero, se da la vuelta y ayuda a Sam y Sandy a abordar, y mientras trepa Lance, hay un cambio en el tono del motor y el helicóptero despega.

Teresa lo abraza, llora, y grita.

—¡Gracias a Dios, estamos a salvo! ¡Estamos a salvo!

Lance voltea y, entre el polvo y la tierra, ve el sitio de excavación, y dos camionetas que se acercan con grandes banderas negras que ondean...

Ahora está despierto en la incómoda cama de Levittown, y piensa lo mismo que pensó en ese lugar, en ese helicóptero de la fuerza aérea tunecina, mientras dejaban atrás el sitio de excavación y ese arsenal escondido: nunca estarán seguros, nunca más.

CAPÍTULO 31

A LAS 9:03 DE LA MAÑANA del siguiente día, Gray Evans está en las oficinas del tercer piso de Abraham, su proveedor de información, sentado en una de las sillas cómodas alrededor de la mesa de conferencias y pensando en lo que vio mientras caminaba a este edificio.

No hubo nada. Los dos chicos del estacionamiento del otro día habían desaparecido.

¡Qué ciudad, qué mundo! Quizá su pequeña interacción había puesto a los dos en camino a una vida productiva, pero Gray no lo apostaría.

Con el bastón apretado en la mano, Abraham se sentó frente a él y dijo:

—Bueno, pues a veces la búsqueda tiene que ver con las habilidades, a veces con la suerte. Anoche fue suerte.

—Qué gusto que la Señorita Suerte te sonriera —dijo Gray, mientras bebía una taza de café que le dio Abraham—. ¿Te enseñó las tetas también?

—Mejor que eso —dijo Abraham con una sonrisa—. Instalé un lindo programa de espionaje que revisa cada resquicio y recoveco del internet, en busca de la familia y dónde podrían estar. Parientes, lugares de empleo, amigos, viejos amigos... un lindo software que yo mismo desarrollé, y luego... fue como preparar una deliciosa y extravagante cena y que después todos te feliciten por el pastel instantáneo que compraste de postre.

—¡Qué rico! —dijo Glen—. Prosigue.

Abraham sonrió.

—Fue el chico, el niño de diez años. Se conectó a internet anoche, exactamente durante doce minutos para revisar su cuenta de correo —Abraham sacude la cabeza—. Los niños de hoy no lo saben, pero están viviendo en un mundo de ciencia ficción. La mayoría usa un dispositivo que puede acceder a todo el conocimiento almacenado por la raza humana, pero lo usan para hacerse bromas asquerosas.

Gray se está impacientando.

—Sí, los niños de hoy... ¿y dónde está ese maldito mocoso?

Abraham desliza un trozo de papel hacia él.

—Aquí están los datos. Con el ITP que el chico usó rastree a un David y Susan Barnes de Levittown... pero no creo que sea ahí donde se está quedando la familia Sanderson.

—¿Por qué no?

—Por dos razones. Porque los Barnes no tienen conexión alguna con los Sanderson, y porque la casa que tienen justo al lado es propiedad de algo llamado el Fideicomiso Hampton de Bienes Raíces.

—¿Y eso qué es?

Gray ve que Abraham muestra de nuevo la sonrisa feliz y

serena de un hombre que lo sabe todo y que le encanta restregárselo a los demás en la cara. Gray le permite esa pequeña victoria, porque será la última sonrisa que muestre jamás.

—Porque ese fideicomiso es una empresa fantasma —dice Abraham—. Hay una sociedad instrumental detrás de ella, y otra detrás de esa... todo muy secreto y bien escondido... menos para mí. Los verdaderos dueños de la casa residen en Langley, Virginia.

—La CIA —dice Gray.

—¡Lotería! —dice Abraham. Con una mano todavía en el bastón, Abraham se inclina y le da un golpecito a una línea en el trozo de papel.

—Pero revisa esta información. La esposa y madre, Teresa Sanderson, tiene un familiar en la policía. Quizá debas tener eso en mente antes de proceder.

Gray vuelve a mirar la información que le proporcionó Abraham, asiente con la cabeza, dobla el pedazo de papel y lo guarda en el bolsillo del abrigo.

—Estupendo trabajo, Abraham —dice—. El mejor. Y por eso me dolerá tanto esto.

Saca su pistola Smith & Wesson de nueve milímetros.

CAPÍTULO 32

LEONARD BROOKS SUEÑA con su primer accidente fatal de vehículos como policía estatal de Nueva York —una camioneta robada golpeó el contrafuerte de un puente en la carretera afuera de Búfalo y expulsó a dos chicos de preparatoria por el parabrisas— de pronto, suena el teléfono de su recámara.

Leonard despierta, agradeciendo la interrupción. El sueño empezaba a irse por lugares extraños y oscuros, cosa que Leonard supone era el efecto colateral del estrés al que ha estado sometido mientras trata de localizar a su prima. El sueño comenzó con el camión de bomberos del departamento contra incendios de la zona que llegó para lavar la sangre y la materia cerebral del contrafuerte, pero entonces había tomado un giro oscuro: Leonard estaba en la acequia del drenaje, y el agua sangrienta se arremolinaba alrededor de sus tobillos.

Toma el teléfono y murmura un saludo.

Del otro lado está Beth Draper, muy alegre y alerta.

—¡Cielos, qué deprimidos estamos esta mañana!

—Acabo de terminar mi turno —dice él, frotándose los ojos. Odia los turnos nocturnos más que nada, por una variedad de razones. La principal son sus vecinos, jardineros obsesionados que salen apenas despunta el sol, con sus sopladores de hojas y máquinas podadoras.

Pero hasta ahora estuvo tranquilo, excepto por esta llamada. Se vuelve a frotar los ojos, que siente como si estuvieran llenos de arena, y dice:

—¿Qué me tienes?

—¿Qué te hace pensar que tengo algo para ti? —pregunta Beth—. Quizá te estoy llamando porque estaré en tu territorio y te quiero ofrecer la oportunidad de servirme el vino, la cena y la cama... y no necesariamente en ese orden.

—¡Beth...!

Ella ríe a carcajadas.

—Está bien, no lo pude evitar —su tono de voz cambia al de la experimentada oficial de inteligencia que es—, tu prima, ¿tiene un hijo, verdad?

—Sí —dice Leonard—. Samuel. Ocho o nueve años. Demasiado listo para su propio bien.

—Pues el chico tiene diez años, y anoche estuvo en línea por unos cuantos minutos, revisando su cuenta de correo.

Leonard ya está completamente despierto. Estira las piernas y se incorpora, y busca con torpeza en la mesita nocturna para encontrar una pluma y papel.

—Prosigue —dice.

—Ese joven tan listo accedió a una computadora que pertenece a David y Susan Barnes de Levittown.

—Perfecto —dice él, ahora con una pluma en la mano—. ¿Dónde está?

Beth le da una dirección y él la anota, y ella dice:

—Antes de que te vayas corriendo, campeón, he aquí la cuestión. No creo que estén ahí.

—¿Qué?

—Espera, espera —dice ella—. Es así. No veo ninguna relación clara entre tu prima y la familia Barnes; indagué un poco y descubrí que la casa de al lado pertenece a una empresa de bienes raíces... que tiene algunas conexiones oscuras.

—¿Qué tan oscuras?

—No te puedo decir en este momento —admite Beth—. Está bastante bien protegida, pero está vinculada al gobierno, eso es seguro, y no me refiero al bochornoso gobierno que tenemos aquí en Albany.

—¿Los federales?

—Sí —Beth le da esa dirección y él la apunta también, y ella le dice—: Supongo que se trata de una casa de seguridad de algún tipo. ¿Todavía estás seguro de que tu prima y su esposo no tienen enemigos?

—Seguro —dice Leonard—. Ella escribe libros, él excava la tierra. ¿Cómo puede tener enemigos a partir de eso?

Beth dice:

—Te sorprendería, amigo. En el mundo de hoy, es muy fácil acabar en la lista de enemigos de alguien.

A pesar de la creciente impaciencia por saber en dónde se ubica su prima, bosteza y dice:

—Discúlpame, ¿sí?

—Claro.

Hay un ruido afuera, como si alguien tocara a la puerta. Él dice:

—Está bien, casa de seguridad. Entendido. Hiciste un buen trabajo, Beth.

—Por supuesto—dice ella—. Pero una casa de seguridad... sólo es segura dependiendo de quién esté ahí, y quién esté buscando lastimarlos. Descubrí en dónde viven. Eso no significa que los malos no harán lo mismo. Y pronto.

CAPÍTULO 33

GRAY EVANS SE QUEDA ATÓNITO cuando Abraham suelta una repentina carcajada ante al cañón de la pistola que tiene apuntando contra el corazón.

Abraham le dice:

—¿En serio? ¿Me amenazas con esa pistola después de todas las veces que me has contratado?

Gray supone que debería de dispararle y acabar con eso, pero algo está pasando con Abraham y quiere saber más. Gray dice:

—Nada personal. Después de un rato hay que limpiar los asuntos de negocios, los estándares, y comenzar de nuevo en otra parte. Si no, dejas atrás una pista rastreable.

Abraham niega con la cabeza.

—¿Crees que he sobrevivido todo este tiempo sin tomar precauciones?

Su informador ahora ya tiene su atención.

—¿Precauciones? —dice Gray—. Prosigue.

Abraham levanta el bastón.

—¿Has notado que siempre tengo esto? Es un *interruptor*.

Si me dañas o me matas, soltaré el bastón. Y cuando lo haga, todo el piso desaparecerá con una tremenda explosión.

Gray se queda mirando a Abraham, quien no se inmuta, no se mueve. Abraham agrega:

—Si destruimos este barrio, eso incluso podría desatar la modernización de toda la cuadra, lo que significa que mucha de esta gente no podrá costear su vivienda. ¿De veras quieres hacerles eso, Gray?

Gray se ríe, guarda la pistola.

—Sólo bromeaba. Es todo.

—¡Claro! —dice Abraham—. Y tu sentido del humor acaba de duplicar tu cuenta.

CAPÍTULO 34

EL OFICIAL DE INTELIGENCIA conocido como el Gordo se mueve, tan rápidamente como lo permite su corpulencia, por el pasillo que lleva a su oficina, porque las noticias de la mañana del más reciente ataque terrorista en el metro de Londres lo obligaron a ir al trabajo dos horas antes de lo normal.

Justo afuera de su oficina, una empleada de sistemas informáticos —a quién le importa cómo se llame— está parada ahí en respuesta a la llamada que él hizo desde abajo. El Gordo le da su teléfono móvil y dice:

—Se me descompuso anoche. Consígame uno nuevo, transfiera la información, y hágame saber de inmediato si perdí alguna llamada.

—Muy bien, señor —responde ella, y camina rápidamente, mientras él abre la puerta y entra.

No tiene mucho tiempo y hay mucho trabajo que hacer; lo único que hace es tomar un block de notas limpio. Sale hacia una reunión de personal urgente para lidiar con lo que está sucediendo en Londres.

Cierra la puerta de la oficina, y cuando ya caminó un par de metros por el pasillo oye que suena el teléfono de su oficina.

¿Debería de volver?

No, piensa.

Puede esperar.

Debe esperar.

Londres está en llamas.

Sigue caminando.

CAPÍTULO 35

EN UN NUEVO VEHÍCULO RENTADO, Gray Evans maneja lentamente por una calle tranquila de Levittown. ¡Por Dios!, ahí está, la casita que resguarda a su objetivo.

Silenciosa, con una barda en la parte de atrás y ningún modo de escape fácil.

Justo frente a él.

En el cofre de su coche hay suficientes armas y provisiones como para equipar a todo el departamento de policía del condado de Georgia, y tiene la tentación —¡ay, qué tentación!— de estacionar el coche, abrir el cofre y entrar: un ataque relámpago.

Sin demoras, sin esperar, simplemente entrar y empezar a matar.

Mucha tentación.

Baja la velocidad... es una casa pequeña, de un piso, y basado en lo que sabe de Levittown, lo más probable es que esta casa no tenga un sótano ni un ático.

Podría ser bastante sencillo.

Puede ser.

Acelera.

No sigue vivo después de tanto tiempo por confiar en el *puede ser*.

* * *

Una hora después sale de las oficinas municipales de Hempstead, Nueva York, que administran a Levittown. Acaba de pasar un rato con los funcionarios locales despreocupados y amigables, y ellos le dieron los registros fiscales de la propiedad en la que están viviendo los Sanderson.

Lo mejor de esta investigación es que los registros fiscales la presentan como una típica casa estilo Cape Cod de una sola planta, sin sótano ni ático. Sólo tiene siete habitaciones: tres alcobas, dos baños, una cocina y una sala.

Gracias a los funcionarios locales tan acomedidos, ahora tiene un plano detallado de la mejor manera de matar a la persona que debe matar.

Aun así, incluso con toda esta información, necesita el campo de juego a su favor.

¿Cuál será la mejor manera de entrar y hacer su trabajo?

Se le ocurre algo. Revisa el reloj, piensa que tiene que llamar a una nueva fuente de inteligencia —aunque Abraham esté respirando, es como si estuviera muerto para él— para confirmar la información sobre el contacto en la policía de Teresa.

Si todo sale bien, en menos de una hora, su objetivo —y, de ser necesario, toda la familia Sanderson— estará muerta.

CAPÍTULO 36

EL GORDO ABRE LA PUERTA de su oficina y entra. Está agotado, sediento y hambriento, y su día parece como una larga sesión atado entre presidiarios. Es incapaz de moverse o de reaccionar a lo que está sucediendo al otro lado del Atlántico.

—¿Señor? —alguien que golpea su puerta. La técnica de sistemas entra y dice:

—Aquí está su nuevo teléfono. Toda la información, las contraseñas, las conexiones y archivos se transfirieron exitosamente.

Él extiende su gruesa mano, le da un tímido agradecimiento (aunque no sabe su nombre, no es necesario ser grosero), y mientras ella se va, él enciende el teléfono. Empieza a desplazarse por las pantallas, revisando y viendo...

¡Qué demonios!

Presiona el teléfono contra la oreja, escucha el mensaje otra vez y deja caer su nuevo aparato sobre el escritorio. Luego levanta el teléfono interno y marca cuatro dígitos. Cuando el hombre del otro lado de la línea contesta, dice:

—¿Recibí una notificación de un James Williams, del departamento G-17, anoche?

—Ah, señor, parece ser...

—¡No hubo seguimiento! —grita el Gordo—. ¡Ninguno!

—Ah...

—¿Por qué no me se me informó de inmediato?

—Señor, hicimos una llamada a su oficina en la mañana y...

—¡Esa no es una justificación! —grita—. Usted y su sección acaban de matar a cuatro inocentes.... ¡Diablos!, ¡qué mierda!—: Y para el final del día, usted y Williams estarán bajo custodia, en espera de una revisión interna.

El Gordo cuelga el teléfono, respira, lo levanta de nuevo y marca otro número.

—Operaciones internas.

Es una voz femenina.

Revisa el reloj más cercano para saber la hora. ¿Habrá suficiente tiempo?

—Tenemos una situación emergente en Levittown, Nueva York —dice, revisando el archivo y dándole la dirección rápidamente a la mujer—. Necesito un equipo de respuesta.

—¿Cuándo?

Él toma otra bocanada, a sabiendas de que esto no terminará bien.

—Desde anoche —dice finalmente.

CAPÍTULO 37

LANCE NO HA DORMIDO BIEN. Después de un desayuno silencioso y tenso, parece que todos en la casa se van a sus propios pequeños mundos. Lance ayuda a Teresa con los platos y vigila a Sam, quien está trabajando en el pequeño escritorio, armando su dinosaurio, encorvado, concentrado; como uno de esos viejos grabados medievales que muestran a un monje que trabaja en un manuscrito ilustrado.

—¿Cómo vas? —pregunta Lance.

—Como a la mitad —responde Sam.

Su hijo no levanta la cabeza y Lance está seguro de que el chico todavía está avergonzado por lo ocurrido anoche, así que lo deja solo y va a ver a su hija.

Sandy está en su inmaculada cama y él dice:

—¿Cómo estás, cariño?

Ella le da vuelta a una página, y él reconoce el libro que le dio sobre Aníbal.

—Terminaré este libro como a las 2:00 de la tarde, papá—. Le da vuelta a otra página. —Y ya no hay otros libros para leer.

—Estoy seguro de que encontraré uno.

—No, te equivocas —dice ella secamente— revisé cada rincón de la casa, las maletas y las repisas. Éste es el último.

—Entonces tendremos que conseguir uno nuevo —dice.

—Bien —dice ella—. Ya hablé con Jason. Dice que podemos ir a comprar libros nuevos si vamos todos juntos. Así que tendríamos que ir juntos, pero no podemos, porque le dijiste a Sam que se tenía que quedar en su habitación.

—Nosotros nos encargaremos, cariño —dice Lance.

—Bien —dice Sandy, y por un momento, Lance tiene la fea idea de que su joven hija lo acaba de despedir. *No lo hace con mala intención*, se dice a sí mismo.

Él entra a la cocina por una taza de café posterior al desayuno y sorprende a Teresa, quien parece estar revisando algunas de sus fotos de Túnez. Él no había visto la que está en la computadora. Parece un mercado.

Teresa se sobresalta y cierra el programa de fotos. Rápidamente dice:

—¿Cómo están los niños?

—Uno está callado, para variar; la otra está preocupada porque se le terminarán los libros.

Teresa no dice nada, vuelve a su computadora. Cuando termina su café, él mira la pantalla.

Ningún programa de fotos.

Ningún documento de Word.

Nada que ver con su trabajo.

Su esposa está jugando solitario calladamente, como si estuviera...

Matando el tiempo.

Jason está en la puerta trasera por donde trajo a Sam, mirando el patio de atrás. Hay arbustos y una vieja barda de madera. Se escuchan gritos y alaridos de niños pequeños que juegan al otro lado, y la cabeza de Jason se mueve con cada sonido.

Estar así de alerta todo el tiempo... Lance está impresionado por la habilidad, la dedicación, la fuerza que tiene este hombre.

—¿Te puedo traer algo, Jason? ¿Una taza de café? ¿Jugo de naranja?

—No, señor, estoy bien.

—Me da gusto oírlo —dice Lance. Se queda parado ahí incómodamente, como si lo hubieran llamado a la oficina de la directora, y dice—: Sabes... cuando llegamos aquí, nos dijeron que pasaría menos de una semana antes de irnos.

—Así es, señor.

Lance dice:

—Así que podríamos irnos hoy.

—Podría ser.

—Entonces... quiero agradecerte por todo. Nunca olvidaremos lo que hiciste por nosotros.

Jason se da la vuelta lentamente y dice:

—No he hecho una maldita cosa por ustedes.

El rostro del hombre se ve preocupado, como si cargara algún peso terrible. Como si fuera responsable de algo más que de protegerlos.

Jason se aclara la garganta.

—Necesito decirte algo. No debería... pero lo haré.

El timbre suena y sobresalta a Lance, haciendo que se le derrame un poco de café caliente en la mano.

Jason pasa rápidamente junto a él.

—¡Encierro. Ahora!

CAPÍTULO 38

JASON ESTÁ GRATAMENTE SORPRENDIDO por la rapidez con la que se mueve la familia Sanderson bajo sus órdenes. Ninguna queja, nada de levantar las voces; se mueven como tropas que se acercan al final del entrenamiento básico. En el diminuto baño levanta a Sandy

—Sé una buena chica, ¿de acuerdo?— y la coloca en la tina, y Sam se mete de un brinco sin que se lo ordenen. Sandy queda acostada y su hermano se acurruca encima.

Sam levanta la mirada, abriendo mucho los ojos de temor.

—Yo...

—¡Silencio! —dice Jason—. Protege a tu hermana mayor, ¿está bien?

Sam asiente con discreción. Levanta la pesada manta antibalas para envolver al niño acurrucado.

La madre y el padre están sentados en el piso, y flexionan las piernas para que él pueda pasar. ¡Qué considerados! Mientras pasa junto a ellos, sucede algo extraño.

Teresa, la esposa, levanta la mano.

¿Qué?

Él sabe lo que quiere decir, y él le da un veloz apretón de la mano, da un paso hacia el pasillo y cierra la puerta detrás de él. Se oye un pequeño clic cuando ponen el seguro.

Bien: la primera vez que hicieron esto, como simulacro, al papá se le olvidó cerrar la puerta con seguro.

¡Qué bueno ver que todos lo están haciendo tan bien hoy!

Vuelve a sonar el timbre y Jason se dirige rápidamente a la puerta de adelante, se asoma por la ventana lateral y ve que está parado ahí un policía.

De nuevo la policía, piensa. Ojalá existieran tantos policías en el barrio donde creció, en Seattle.

Abre y ve que el hombre usa un uniforme de la policía de Nueva York, y de inmediato sabe por qué está ahí: Teresa tiene un familiar en la corporación.

—¿Sí? —dice—. ¿Le puedo ayudar en algo?

El policía estatal, con su inmaculado uniforme gris, boina, corbata morada y la reluciente insignia en la camisa, parece amistoso y entusiasta.

—Esto le sonará extraño, pero ojalá pueda escucharme un momento, señor. Estoy buscando a mi prima Teresa Sanderson y a su familia.

Jason está repasando qué le puede decir a este joven tan amigable antes de echarlo, cuando su teléfono empieza a sonar insistentemente.

Baja la mirada un segundo.

Ese segundo basta.

El policía tiene una pistola en las manos y le dispara a Jason en el pecho con dos impactos atronadores y centelleantes.

CAPÍTULO 39

LANCE ABRAZA A TERESA. El sonido de los dos disparos reverbera por el baño diminuto. Teresa grita, y desde la tina, Sam chilla, con la voz más baja por la cubierta de la manta antibalas:

—¡Es mi culpa, es mi culpa!, ¡usé la computadora!, ¡es mi culpa!

Empieza a llorar y Sandy suelta un alarido. Lance se dirige a la tina, levanta la manta, mira los rostros asustados de sus hijos:

—Está bien, está bien, sólo quédense ahí, ¿de acuerdo?

Lance suelta la manta, ve que el rostro de Teresa está pálido de la conmoción, le aprieta las manos con fuerza, y dice:

—¿Qué tal si...?

De repente calla. Ninguno de ellos tiene teléfono móvil, porque se los confiscaron hace dos semanas cuando Teresa estaba hablando con su madre.

Mira a Teresa, luego levanta la mirada hacia la diminuta ventana sobre la taza de baño.

Están atrapados.

Alguien toca a la puerta.

Teresa da un grito y se arrastra hacia él, se acurruca junto a Lance en la orilla de la tina. Su hijo y su hija chillan bajo la manta protectora.

—¿Oigan? —una nueva voz desde afuera—. Hubo un incidente. Ya está todo seguro. Ya pueden salir. Soy un policía estatal, como Leonard. Llegarán más refuerzos en cualquier momento.

Teresa aferra el brazo de Lance, susurra:

—Esa no es la frase para que abramos la puerta... ¿qué quiere decir?

Lance dice:

—Quiere decir que Jason está muerto.

CAPÍTULO 40

AL NO OBTENER RESPUESTA de la familia encerrada en el baño, Gray Evans prueba la perilla una vez más.

Todavía está cerrada con seguro.

Está bien, ningún problema.

Hasta ahora, el procedimiento va viento en popa, y Gray no ve nada que se le oponga. Diablos, hace una hora, incluso, su segundo proveedor de inteligencia, Neil, fue veloz y eficiente y le consiguió el nombre y la dirección de un policía estatal que estaba en su día de descanso. Gray mató al hombre con un rápido balazo a la cabeza y se visitó con su uniforme, colocándose los accesorios en los lugares más comunes.

Y ahora era simple: toda la familia estaba en una sola habitación.

Gray se hace para atrás, toma su posición, comienza a apuntar la pistola contra la perilla, y luego la perilla empieza a girar.

—Está bien, vamos a salir.

Una voz masculina temblorosa proviene de adentro.

Es perfecto. Dulcemente perfecto.

Se abre un resquicio de la puerta justo en el momento en que Gray escucha el crujir de una ventana al abrirse.

La puerta se abre un poco más. Una mujer está parada en la taza y empuja a una pequeña figura por la ventana diminuta, cuyas piernas pasan a través del marco...

—¡Oigan! —grita, empuñando la pistola, se pregunta dónde está el papá, y...

Un hombre sale de atrás de la puerta.

Con algo en la mano.

Gray se da la vuelta y...

Grita cuando el hombre le rocía el rostro y los ojos con algo ardiente y cáustico.

CAPÍTULO 41

RONALD TEMPLE ESTÁ DORMITANDO en su silla reclinable cuando lo despierta el sonido de dos disparos. Su consciencia va de cero a sesenta en un segundo. Ya trabajó con oficiales de policía que se alteran cuando escuchan el traqueteo de un camión o la tapa de una coladera que se azota, pero eso es algo que Ronald siempre ha podido distinguir: alguien acaba de disparar en la casa de al lado.

Se levanta apresurado de la silla, se desliza la manta y tiene el revólver calibre .38 en el regazo, mientras levanta el teléfono temblorosamente y marca el 911.

Cuando el operador responde y pasa por la típica y apática respuesta (911, ¿cuál es la naturaleza y ubicación de su emergencia?), Ronald dice con cautela:

—Escuché disparos —, recita de un tirón la dirección de al lado y suelta el teléfono.

No tiene tiempo para responder preguntas ni llenar la lista de verificación del operador, así que toma el revólver y se levanta con dificultad de la silla.

Gracias a Dios, Helen salió de compras. Él no la quiere por

aquí, porque estaría en peligro y además le diría que no haga lo que va a hacer.

Ronald se arranca el tubo de oxígeno y se dirige a la entrada con los pulmones ardiéndole.

Las manos le tiemblan.

Maldita sea, ¡como un novato!, ¡solo en su primer turno nocturno!

Baja la pistola, se acerca al tanque de oxígeno portátil, lo activa, se sujeta los tubos por la cabeza y abre la puerta.

Levanta el revólver.

Esta vez no lo echará a perder.

Esta vez no estará descansando en casa, borracho.

Ronald va hacia la casa, con el revólver que todavía le tiembla en una mano y en la otra el tanque verde de oxígeno.

Esta vez hará lo que sea necesario.

CAPÍTULO 42

GRAY MALDICE, los ojos le arden —lo que le recuerda haber estado expuesto al gas lacrimógeno durante su entrenamiento básico—, se tambalea, y dispara dos veces a la puerta mientras la cierran frente a él.

¡Maldita sea!

Se frota los ojos, volviendo a maldecir. Quién sabe qué le roció el hijo de perra, pero le quema y le nubla los ojos. Puede sentir que se le hinchan.

Hora de moverse.

Se aleja del baño, pasa por la cocina y la sala, choca contra una silla hasta que llega a la puerta delantera. El grandulón al que le disparó sigue tirado en el piso, y Gray se quiere asegurar de que la parte trasera esté despejada, así que dispara otra vez antes de abrir la puerta.

Gray sale y...

¡Pum!

¿Quién podría creer su suerte?

Choca contra los dos niños, quienes cayeron en el césped y ahora lloran.

Pero los ojos le arden y no sabe quién es quién.

No importa.

Los sujeta a ambos y cuando pone una mano sobre sus cabezas...

—¡Alto ahí! —grita un hombre.

CAPÍTULO 43

RONALD TEMPLE ESTÁ EN EL JARDÍN de sus vecinos con el revólver en las dos manos temblorosas y apunta directamente al hombre parado frente a él, quien luce agradable y elegante con su uniforme de Policía del Estado de Nueva York. El oficial sujeta a los niños que viven ahí. A Ronald le arden los pulmones y tiene las piernas tan débiles que siente como si sus rodillas fueran a ceder.

Pero se mantiene firme.

Ha habido tres disparos más, así que no piensa retroceder.

—¿Quién eres? —exige, esforzándose por hacer que suene fuerte su voz.

Esto está muy mal. Su plan anterior era atacar a sus vecinos si resultaban ser terroristas, ¿pero qué está pasando con este tipo?

El hombre —cuyos ojos están rojos e hinchados—maldice y grita:

—¿Quién diablos cree que soy? ¡Guarde esa pistola!

—No hasta que sepa lo que está pasando —dice Ronald. El

niño está llorando y le gotea la nariz. La niña está... observando fijamente, con el rostro paralizado.

—¿Qué está pasando? Soy un policía estatal, y le ordeno que guarde esa pistola. Están por llegar los refuerzos.

Ronald traga saliva, tiene la garganta seca como la arena.

—Suelte a los niños o ya verá.

—¿Qué veré?

—Ya verá qué pasa —dice Ronald, odiando de nuevo lo débil que suena su voz.

—¿Ah, sí? —dice el hombre, sin inmutarse para nada y manteniendo sujetos a los niños—. Lo siento, viejo, pero no creo que vayas a hacer una maldita cosa.

CAPÍTULO 44

JASON TYLER RECOBRA EL CONOCIMIENTO.

Su oído derecho resuena como campana.

Su pecho y el vientre... se sienten fríos, entumecidos... como si lo hubieran golpeado dos veces con un mazo.

Te dispararon.

Dos veces.

Porque metiste la pata.

Surge un recuerdo de cuando era niño y miraba algún documental del mundo natural que mostraba el ataque de una víbora cascabel. Ocurría tan rápidamente que el ojo humano no lograba verlo... y la cámara tenía que bajar la velocidad para mostrar a la víbora enroscada que se extendía en un movimiento largo y circular, con la boca abierta y mostrando los colmillos.

Ese policía estatal.

Vaya víbora cascabel.

Está bien.

Situación...

Estamos realmente jodidos.

Jason sabe, por experiencia, que tiene un par de minutos antes de que pase el shock y venga el verdadero dolor, así que es hora de ponerse a trabajar.

Sujeta el teléfono emitido por el gobierno. Hay un interruptor lateral que presiona... pero falla. Intenta dos veces más y luego...

Éxito.

Entonces, bien.

Botón de pánico presionado.

Lo que significa que la caballería —bien armada y bien equipada— debe llegar en unos cuantos minutos.

Pero...

Jason se rueda para ponerse de rodillas.

Mira toda esa maldita sangre.

Gime y se levanta.

La misión...

Tiene que cumplir la misión.

La caballería está en camino, pero llegará demasiado tarde, por mucho.

Zigzaguea, encuentra su arma bajo la camisa.

A trabajar.

Tengo que protegerlos...

Tengo que hacer mi trabajo.

Jason zigzaguea y se dirige a la puerta.

Parece estar a un kilómetro de distancia.

CAPÍTULO 45

GRAY SE FROTA LOS OJOS. Ya casi recupera la visión totalmente.

Se queda mirando con incredulidad al anciano parado frente a él, flaco como una espiga de maíz, con un pantalón ancho y camisa de franela, un maldito tanque de oxígeno a su lado con tubos que le bajan de la nariz, y que le apunta con un revólver.

—¡Suelte su arma! —grita—. ¡Soy un policía estatal! ¡Suéltela!

El hombre tose y dice:

—No... ¡no, no lo es!

Los niños se están retorciendo para zafarse y Gray dice:

—¿Cómo que no soy un policía estatal, hijo de perra?

El anciano jala el percutor del revólver.

—Tiene la insignia en la camisa —dice, y ya jadea, como si los pulmones estuvieran en pleno colapso—. Los policías de Nueva York no llevan las insignias en la camisa.

Con las manos en movimiento, Gray jala el cabello largo de la niña.

¡Finalmente!

Empuja al niño a un lado, saca su arma y mueve lentamente el gatillo, mientras sujeta a la niña.

CAPÍTULO 46

RONALD VIO TANTAS COSAS tan asombrosas mientras era policía y trabajaba en seguridad, pero no puede creer la rapidez con la que se mueve el falso policía cuando empuja al niño a un lado, jala a la niña, levanta la pistola y la apunta contra la nuca de la niña.

Jalar el gatillo de su revólver .38 es bastante pesado para Ronald, y si no lo hace con suficiente rapidez, no lo logrará, fracasará otra vez, y...

Estalla un disparo, un fuerte repiqueteo.

Suelta un grito ahogado y se tambalea hacia atrás.

El falso policía gruñe, se bambolea, y la niñita se suelta de su mano.

Ronald empieza a apretar el gatillo de nuevo, pero el hombre que está frente a él se desploma sobre el césped.

Dios...

Desde adentro de la casa sale el grandulón —el guardaespaldas, el que pensaba que era el líder de una célula terrorista— tambaleándose, con un brazo alrededor de su vientre sangriento y con la otra sosteniendo una pistola.

Ronald se acerca a él y arrastra el tanque de oxígeno que no deja de traquetear. El niño y la niña están parados frente a la casa.

El hombre herido se acerca más.

Ve a Ronald parado ahí.

Ronald dice:

—Espere... ya viene la policía. Llegan en cualquier segundo.

El hombre se detiene, zigzaguea.

Abre la boca y le sale un hilo de sangre.

Ronald dice:

—Aguante, no diga nada, sólo siéntese...

El hombre escupe sangre.

—La niña... la niña... ¿está a salvo?

Ronald no puede creer la pregunta. ¿Con todo lo que está pasando y pregunta por la niña?

—¡Respóndame! —dice el hombre, con la voz más fuerte—. La niña... ¿está a salvo?

Ronald la observa una vez más, parada ahí con su hermano, abrazados.

—Sí —dice Ronald—. Está a salvo. Está bien.

—Gracias —dice. Luego sonríe y se desploma en el suelo.

CAPÍTULO 47

DESPUÉS DE OÍR MÁS DISPAROS, Teresa empuja a su marido a un lado y sale a toda prisa por la puerta delantera.

Ay, Dios, mira toda esa sangre en el piso.

Lance le dice que se quede ahí, que se mantenga a salvo, pero Teresa se rehúsa a escuchar una sola palabra.

Sus hijos están allá afuera.

Y ella no se quedará ahí como si nada.

Si hay hombres afuera que quieren matarla por las fotos que tomó en ese mercado tunecino, bueno, pues morirá protegiendo a sus hijos y aceptará su castigo.

Le quita el seguro a la puerta, la abre de un tirón y sale corriendo. Lance le pisa los talones. Afuera, al aire fresco, la luz del sol y el pasto...

Ahí están... ¡Sandy y Sam!

Los abraza, los estruja muy fuerte y dice:

—¡Mis pequeños!, ¡ay!, ¿están bien?, ¿están heridos?

Sam solloza pero Sandy dice:

—No estamos heridos, mamá, pero por favor...

—¿Qué?

—Deja de apretarme tanto. Me duele.

Teresa estalla en llanto y voltea al escuchar las sirenas a la distancia. Un hombre con uniforme de policía está tirado boca arriba, con la boca abierta, sin moverse. Lance se acerca a él, y de una patada aleja la pistola al otro lado del césped. Su indiscreto vecino está parado ahí, atónito, con un revólver en la mano temblorosa, un tanque de oxígeno a su lado y los tubos que salen de su nariz.

Trata de decir algo, pero tose y tose, y sucumbe de tan fuerte que es la tos.

Teresa mira al hombre y dice:

—¿Qué pasa?

—Ese hombre —dice el anciano—. Él... murió salvando a su hija.

Teresa solloza y desvía la mirada de los dos hombres muertos en el césped. Un helicóptero sobrevuela la zona, las sirenas suenan más fuerte y dice:

—Lance, eso tiene sentido. ¡Dios!, ahora tiene sentido.

Lance pregunta:

—¿Qué diablos tiene sentido?

—¿Recuerdas que te dije que Jason parecía sentirse culpable todo el tiempo? —pregunta Teresa—. ¿Y tú me dijiste que estaba inventando cosas?

—Lo recuerdo —dice Lance—. Lamento haberlo dicho... Yo empezaba a percibirlo también. Algo le estaba pasando.

Unas patrullas llegan rugiendo por la carretera, se derrapan al detenerse. Un helicóptero baja en picada. Teresa vuelve a estrechar a sus hijos. Se rehúsa a soltarlos.

—Claro que se sentía culpable —dice Teresa, y siente que las lágrimas le brotan por las mejillas—. Porque su trabajo no era protegernos. Era cuidar a Sandy, antes que a nadie. ¿Notaste cómo siempre ponía primero a Sandy en la tina y la cubría con su hermano? ¿Cómo siempre estaba más cerca de ella? ¿Cómo Sandy era la primera en entrar a la camioneta y la última en salir? Es por eso...

Lance está atónito.

Teresa... tiene razón.

Mira a su hija, quien, con calma, observa el caos de las patrullas, las ambulancias y otros vehículos que rápidamente están llenando la calle.

Su pequeña hija Sandy... está tan orgulloso de ella, y tan temeroso de lo que le espera.

CAPÍTULO 48

LEONARD BROOKS ESTÁ QUEBRANTANDO varios procedimientos y protocolos mientras maneja hacia Levittown, donde están ubicados su prima y su familia, pero no le importa.

Las sirenas aúllan, las luces centellean, y a cada vuelta que da en este atestado suburbio, casi golpea algún coche estacionado. Las voces en la radio son largas y angustiosas: a un policía fuera de servicio le dispararon en su casa... un tiroteo en una residencia en Levittown... posiblemente hay un policía herido... luego hubo otros disparos... un oficial necesita asistencia...

Los neumáticos protestan mientras avanza por otra curva y...

Ahí.

Más adelante, en un enredo poco común, hay una confusa aglomeración de vehículos policiacos de varias jurisdicciones. Leonard se acerca, toma su boina, baja de la patrulla y corre hacia la escena.

Hay civiles en sus pequeños jardines delanteros que se asoman a ver toda la actividad y le hacen preguntas al pasar.

—¿Qué sucede?

—¿A quién le dispararon?

—¿Es un acto terrorista?

Ya cercaron la zona con cinta amarilla, pero lo dejan entrar. Se agacha para pasar por debajo, justo a tiempo para ver que a Teresa, Lance, Sam y Sandy, los escoltan hacia una camioneta todoterreno blindada. Los rodean unos hombres y mujeres de aspecto serio con traje táctico completo.

—¡Hey, Teresa! —grita Leonard y, a pesar de toda la confusión, del ruido de las sirenas y del constante retumbar de los helicópteros, ella lo oye.

Voltea y lo saluda con una mano libre, él la saluda también, y eso es todo.

Conducen a la familia a la camioneta blindada. Ésta se echa en reversa por la entrada, escoltada por tres patrullas, y sale rápidamente de la escena del crimen.

¡Vaya escena! Hay dos cuerpos en el pasto, cubiertos con tela amarilla. Están colocando marcadores forenses y tomando medidas y fotografías. Hay muchos hombres y mujeres vestidos de civil, con armas y radios en las manos, que no parecen ciudadanos comunes en este momento.

Un hombre del equipo táctico no lleva puesto el casco, y su cabello blanco y cortado al ras está mojado de sudor. Porta un rifle M4 mientras se acerca caminando tranquilamente.

—Hola —dice.

—¿Cómo va todo? —pregunta Leonard mientras observa la escena. Hay un anciano con un tanque de oxígeno sentado en una silla de jardín que señala la casa, mientras dos mujeres colocadas junto a él toman notas.

—Es el encontronazo más cercano que he visto —dice el oficial táctico—. Ese hombre —y señala al suelo— está vestido con un uniforme de policía estatal idéntico al tuyo.

—No es un policía estatal —dice Leonard—. A uno de mis colegas, que no pertenece a mi tropa, le dispararon hace una hora y le robaron el uniforme.

—¡Dios! —dice el hombre de la unidad táctica—. Pues el otro —apunta a la segunda figura— era el guardaespaldas de esta familia. Luego, hace como media hora, esto se volvió una película del oeste, y hubo disparos a diestra y siniestra, aunque no lo creas posible en este pueblito.

—Ahora lo creo —dice Leonard—. ¿Y la familia?

El hombre de la unidad táctica titubea.

—Vi que llamabas a la mamá. ¿La conoces?

—Es mi prima.

—No me digas... bueno, para que lo sepas, todos están a salvo.

Leonard mira alrededor, a los vehículos, a los hombres armados, a los dos helicópteros que sobrevuelan la casa.

—Sí —dice— pero, ¿por cuánto tiempo?

CAPÍTULO 49

EL GORDO ESTÁ EN SU OFICINA observando la cobertura televisiva del ataque terrorista en Londres de esta mañana, cuando entra la Flaca sin tocar a la puerta.

Se para frente a su escritorio y dice:

—Todo bajo control, pero con el mínimo margen. Ocultaremos lo ocurrido tras una venta de drogas que salió mal, y con un heroico policía del estado muerto en batalla. Quizá tengamos que darle al vecino —un policía jubilado del departamento de Nueva York— una medalla clandestina para que mantenga la boca cerrada sobre lo que pasó en su barrio. Creo que estará contento con eso.

El Gordo dice:

—¿El policía estatal asesinado no estaba en su casa en su día libre?

—Murió por su estado y su nación —dice la Flaca—. ¿Qué más necesita saber la gente? ¿En qué vamos con Clarkson?

El Gordo dice:

—Viene rumbo a Estados Unidos y debería de aterrizar en Andrews en unas seis horas. Entonces comenzará el trabajo de verdad.

La Flaca niega con la cabeza.

—Es difícil creer que llevamos tanto tiempo esperándola.

—Necesitamos a un experto en ISIS, uno en criptografía y a alguien que sepa cómo trabajar con una niña con Asperger que memorizó varios documentos de inteligencia encriptados —subraya él—. Tenemos a Clarkson. Y agradezcamos que esa niñita sigue viva.

—¿Y qué ocurrirá con la familia Sanderson, entonces? —pregunta la Flaca.

—Cuando terminen el trabajo, se les dará una compensación, nuevas identidades y una nueva vida en algún lado.

La Flaca hace una pausa antes de irse.

No se ofrecieron para hacer esto.

El Gordo señala la pantalla que muestra una columna de humo elevándose sobre una estación del metro de Londres.

—¿Y quién lo hace?

CAPÍTULO 50

TRES MESES DESPUÉS de salir de Levittown, Lance Sanderson vuelve al nuevo hogar de su familia, una pequeña casa de playa en un remoto rincón de la costa del golfo de Florida. Estaciona la vieja camioneta en la entrada, un camino hecho de conchas molidas —¡imagínate nada más, manejando una camioneta!— y recoge una pequeña bolsa de cuero antes de rodear la casa hacia atrás.

Es un día hermoso en el golfo, con veleros y barcos pesqueros, gente que juega y trabaja, y pájaros que se pasean. Al menos uno de esos pájaros es artificial, porque una de las promesas que les hicieron cuando se mudaron aquí fue que los observarían veinticuatro horas al día, siete días a la semana, por medio de un dron sin piloto.

Lance camina a la parte de atrás y su familia está a salvo y sentada bajo una pérgola sobre la terraza de atrás. Como están cerca de la playa, Sam está fascinado por las conchas; está sentado con el traje de baño puesto y examina su más reciente botín sobre una mesa redonda de vidrio. Los primeros días que llegaron ahí, Sam le mostró un trocito de metal y plástico y le preguntó:

—Papá, ¿qué es esto?, ¿es importante? —Lance se rio y se lo devolvió—.

—Es un transistor de una radio vieja. Nada importante.

Pero por alguna razón eso no decepcionó a Sam... de hecho, pareció alegrarlo.

Sandy también viste un traje de baño, y como está cerca del océano, está fascinada por las naves y los buques de guerra. Ha estado leyendo poco a poco la *Historia de las operaciones navales de Estados Unidos en la Segunda Guerra Mundial*, quince volúmenes escritos por el historiador Samuel Eliot Morison.

Los dos niños lo ignoran cuando llega caminando a la terraza. Típico... y, tomando en cuenta lo que acaban de vivir, eso se siente tan bien que casi le dan ganas de llorar.

Teresa está trabajando en la computadora portátil y tiene puesto un traje de baño negro de una sola pieza y un gran sombrero de paja. Lance le da un beso mientras se sienta junto a ella. Los labios de Teresa saben a agua salada y bronceador, y Lance espera tener tiempo esa tarde para estar con su amor, mientras los niños están ocupados con otras cosas.

Teresa dice:

—¿Cómo estuvieron las cosas en el campo de tiro?

—Estoy mejorando —dice él, y coloca en la terraza la bolsa de cuero que contiene su pistola Glock con licencia. Aunque tengan un dron que rastree sus movimientos, él nunca dependerá, jamás, de alguien para que proteja su familia—. Logré acertar cada vez más tiros en el blanco. ¿Cómo están los niños?

Ella dice:

—Los niños están bien.

—¿Y tú?

—Sabes, me gusta escribir libros para niños, aunque sea con un seudónimo —dice Teresa—. Puedo inventar cosas, y eso no lo puedo hacer cuando escribo guías de turismo.

Lance estira las piernas.

—Bien. Parece que viajaré la semana que viene. Es consultoría para la fuerza aérea en Hurlburt. Contarles lo que sé de ese pedacito de Túnez. ¿Y tú...?

Teresa sonríe.

—¿Yo?

—No seas coqueta —dice Lance—. ¿Qué dijo el médico?

Teresa se mueve en la silla y revela un ligero bulto en el vientre.

—Tres meses, muy saludable... y, detesto echar a perder la sorpresa, pero los niños tendrán un nuevo hermano.

Lance se inclina hacia su mujer, la besa y abraza. Su hijo y su hija los siguen ignorando.

—Ya sabes qué nombre le pondremos...

—Eso no está a debate, mi amor —dice ella.

Lance acaricia el vientre de su mujer y le susurra:

—Pequeño Jason, uno de estos días te contaremos del héroe del que heredaste tu nombre.

Se le quiebra la voz.

—Hasta entonces, estarás a salvo con nosotros. Para siempre.

ACERCA DEL AUTOR

JAMES PATTERSON ha escrito más *best sellers* y creado personajes de ficción más entrañables que cualquier otro novelista de la actualidad. Vive en Florida con su familia.

BRENDAN DUBOIS es de New Hampshire, y es el galardonado autor de veinte novelas y más de 150 cuentos. Sus obras han aparecido en casi una docena de países. También fue campeón del programa de juegos *Jeopardy!*

BOOK**SHOTS**

Esta obra se imprimió y encuadernó
en el mes de abril de 2018,
en los talleres de Impregráfica Digital, S.A. de C.V.,
Calle España 385, Col. San Nicolás Tolentino,
C.P. 09850, Iztapalapa, Ciudad de México.